博客思出版社

臥木枕石集

木石詩選

木石著

目錄

第一集

2018 年木石詩選

元旦登高

登高遠望為何求
不為長生不為候
元旦山風清而爽
納新吐故老無愁

二〇一八年一月一日

元旦海港

元旦偷閒到海灣
清波暗動畫廊船
風和日麗放眼好
港塔通天代我言

二〇一八年一月二日晨

新年會記

不請自來中天月
高懸海上窺南窗
其中賓客應未醉
猶喚酒家滿玉觥

二〇一八年一月二日夜

偶遇垂釣

天晴氣暖來海灣
雅士垂弦釣岸邊
水面忽然驚望眼
鋼鯊鐵吊第一杆 [1]

[1] 大吊車和潛水艇。

二〇一八年一月三日

小寒雨

徹夜清寒許
開門迎細雨
滿園荒草伏
孤徑濕而曲
遙望海天沉
近聞烏鴉語
誰人怨舊年
歲月不停去

二〇一八年一月五日小寒

七草粥

正月七日七草粥
人雲去病去憂愁
我獨自飲一壺酒
醉裡乾坤百事悠

二〇一八年一月七日

一月八日記 [1]

嵐山麓下舊石碑 [2]
立地清幽一寸灰
主人不知何處去
春來空有落花飛

[1] 一月八日：周恩來忌日。
[2] 嵐山腳下有周恩來記念石碑一尊。
二〇一八年一月八日

新年始作

老朽清悠愧難言
豪情壯志本無緣
不負日月餘光我
苟且偷生再一年

二〇一八年一月九日

惠比須 [1]

一月十日惠比須 [1]
千家萬戶買竹枝
財神敬我一杯酒
禮而還之打油詩

[1] 惠比須：東洋的財神爺，
一月十日是財神爺節。

二〇一八年一月十日夜

望雪

聞道晚來雪
欣欣吾良夜
三更望飛螢
北斗亂明滅

二〇一八年一月十一日夜

晨雪趣

玉簾餘光瀉
欲看五更雪
鳥語帶清風
金星傍冬月

二〇一八年一月十二日

冬日黃昏

海上雲天压浪低
夕陽斜照瀉瑠璃
千家燈火增暮色
遠寺鐘聲來去徐

二〇一八年一月十三日夜

有感雪鄉宰客

塞外曾經土匪囂
於今又見座山雕
道德為本一朝棄
矯正當須百年超

二〇一八年一月十八日

冬日寄友人

夜下燈讀已勉強
黃昏把酒半荒唐
當年去國誰言夢
日月陰晴互短長

二〇一八年一月十四日夜

聞假抗癌藥有感

假藥真殺人
白鴿送壽衣
神洲有鬼蜮
切望大聖歸

二〇一八年一月十九日

一七年雜言整理所感

胡言亂語自消閒
既非本職又非錢
飛鴻雪上留足跡
踏到盡頭化青煙

二〇一八年一月一六日

大寒吟

寒天鎖地路人稀
冰葉霜花玉樹枝
冷暖當年順山炕
掌燈夜下共一席

二〇一八年一月廿日大寒

大寒日記

清冷二三度
風搖四五級
花開無六朵
梅剪有七枝

二〇一八年一月廿一日

臘七夜吟

夜半清光涼枕邊
卻疑誤入雪中軒
拂簾窺去風吹夢
幾許星繁一月彎

二〇一八年一月廿三日

水仙花

任爾說清高
天生富風騷
今冬不見雪
喜有水仙嬌

二〇一八年一月廿一日

臘月鄉思

臘月雲天接海滔
雪花偏向山陰飄
當年醋蒜南窗下
翡翠生成年味高

二〇一八年一月廿四日

過廟入觀見

寒氣襲人耳目昏
強身散策遇觀音
閒僧借問施主願
唯祈天公濟黎民

二〇一八年一月廿一日

冬晨記

愚園夜上冰
旭下何晶瑩
百草皆凋萎
水仙自娉婷

二〇一八年一月廿六日

▌陣雪

庶務一身二目昏
忽然瓊葉灑乾坤
扶搖羊角渾不定
撲朔迷離倒清心

二〇一八年一月廿六日

▌題老樹

寒冬常帶陽春意
老樹頻發嫩柳枝
歲暮黃昏天涯寂
一杯肴就打油詩

二〇一八年一月廿九日

▌題鄧麗君六十五生年

鸝想歌喉花想容
春風得意為芳名
從來麗質命常短
沒有結緣好相公

二〇一八年一月三十一日

▌月蝕

古代無知月如何
陰晴圓缺亂琢磨
偶然一度來天狗
鍋碗瓢盆當銅鑼

二〇一八年二月一日

▌節分

節分冷暖斷冬春
草木尋常忽覺新
古寺人家黃豆撒
追儺鬼遣樂津津

注：

節分：東洋的祭日，立春前一日。

豆撒：節分這天撒黃豆驅鬼招
福、追儺。

鬼遣：寺院的節分儀式。

二〇一八年二月三日

▌二零一八年立春記

春打六九頭
冬勢些未休
故國山雪厚
異鄉海風道
當年捲薄餅
今日望雲丘
一啼烏遙遠
三杯去瀛洲

二〇一八年二月四日立春

▌寒夜歸來

寒夜歸來野徑黑
朦朧半掩舊柴扉
天橫玉斗察我意
且滿七杯飲清暉

二〇一八年二月五日夜

▌臘月廿三晨曲

憑欄遠望喜翠微
海上空冥彩雲飛
忽爾搖身千尺鯉
殷殷為我敞心扉

二〇一八年二月八日

▌臘月廿四記

人往高處走
水往低處流
我本一滴水
家既白雲頭
水流去地遠
白雲信天遊
天地各一統
冬夏復春秋

二〇一八年二月九日

▌題友鵬飛榮獲全球
華人攝影十傑

鵬飛萬尺高
聖境千年雪
兩眼藏須臾
寸方大世界

二〇一八年二月十日

▌二月雨

二月春風渡舍園
攜將細雨洗輕寒
枝頭莫怨時節早
野草分明露綠尖

二〇一八年二月十日

▌題中國核潛艇之父

亞女生來木石塵
聞君肺腑感懷深
苦行動地驚天事
甘做埋名隱姓人
國家重器一肩負
忠孝不失兩全心
滄海唯願風波靜
神洲處處是良民

注：亞女是作者曾用筆名

二〇一八年二月十二日

▌雲鯉

錦鯉臨南窗
陋室落紫光
長天雲秀色
大地鳥拖腔
海上季風軟
山間嫩草香
春來冬去也
餘興滿一觴

二〇一八年二月十三日

▌戊戌除夕吟

除夕早上不成眠
豈是童心盼過年
老友頻催發財夢
新愁最愧香火錢
勿須大吉千金狗
願得小酒一偶閒
遙想家山春色冷
蕭蕭郊外縷縷煙

二〇一八年二月十五日

15

戊戌伊始自題一聯

上聯：有得小酒

下聯：勿須大吉

橫批：苟安

二〇一八年二月十六日

新春開跋

一年開始了

二女去旅行

三天無牽掛

四界水晶靈

二〇一八年二月十八日

元夕

隔欄海上重雲天

浪跡扶桑幾多年

眼下千家明燈火

元夕尤感倒春寒

二〇一八年二月十六日

踏雪尋春

常怨春歸何太遲

驅車直向深山疾

無邊白雪平溝穀

料想發生已孕之

二〇一八年二月十八日

初二

少小離鄉老未歸

緣何初二望雲飛

娘家去遠無音信

夢裡空山白雪堆

二〇一八年二月十七日

下呂溫泉

久聞下呂溫泉名

醉臥其中數寒星

幾點複明又復滅

誰知孰是東坡兄

二〇一八年二月十八日

▍雪界

越嶺翻山穿洞來
置身雪界老不衰
莫道桃園無處覓
古村合掌忘世哀

二〇一八年二月十九日

▍人日

拉魂面又七寶羹
一食保得人太平
蓬萊親友應無恙
幾點相思對酩酊

注：
據說正月初七是人的日子、民間吃
拉魂面和七寶羹。

二〇一八年二月廿二日夜

▍雨水

雨水知春早
濡濡林雪道
山間遠近白
踏幽慕飛鳥

二〇一八年二月廿二日

▍早上溫泉

氤氳滿玉池
雲漢星辰稀
舉手邀天客
低眉念地慈
輕移渡弓步
力助清漣漪
雪界春意早
晨光送風徐

二〇一八年二月廿日

共產黨宣言誕生 170 週年記 1848 年 2 月

二位不滿 30 歲的青年
在世界的上空
點燃了一盞明燈
從此
人類有了
新的思維
新的方向
新的希望
170 年過去
人類經歷了
數不盡的風
數不盡的雨
數不盡的霜
那盞燈
依然放射著光芒
儘管二位青年的子孫
數不盡的愚昧
數不盡的墮落
數不盡的荒唐
那盞燈
依然明亮在
地球的上空

二〇一八年二月二十四日

清晨散步偶得

冷豔數臘梅
木蓮透紫緋
春寒何必怨
雁陣起回歸

二〇一八年二月廿五日

春風吟

山風暗送春消息
不覺鵝黃染櫻枝
猶喜山茶花蕾滿
嫣紅姹紫何須疑

二〇一八年二月廿六日

春風大作

春風大作夜徘徊
夢有依稀舊同儕
身後故園何其遠
山河不老爾人衰

二〇一八年二月廿八日夜

▌元宵

蒿柴土灶舊風箱
物影朦朧意彷徨
疑是置身於梓裡
元宵夢醒在扶桑

二〇一八年三月二日

▌正月十六晨記

新調笤帚事新春
打掃愚園草木塵
莫道殘年衰體力
晨光正好健餘心

二〇一八年三月三日晨

▌驚蟄

雨打山屋夜難眠
群鴉早上竟盤旋
莫非運轉時來也
卻道驚蟄自樂天

二〇一八年三月五日

▌雷鋒

雷鋒有幸在當年
本位於今孔方前
樹木十年聊為器
育人百載後達賢

二〇一八年三月五日

▌三八記

下田出力幾十年
日逢三八又九泉
我勸天公重抖擻
不拘一格賜嬋娟

注：指三八婦女節。
二〇一八年三月八日

▌春寒復來

常恨春寒去而復
風吹夜雨冷山屋
晨來舍下前後看
左右無花卻有竹

二〇一八年三月九日

19

晨起伐竹

早上入竹園
間伐鳥徑寬
風徐動領袖
力舉汗衣衫
斧鋸隨人意
新陳自天然
春眠無不好
作業爽心田

二〇一八年三月十一日

如夢令・春夜

春夜蓮池散步
偶遇梅花一樹
花絢如星辰
天更星辰無數
何故
何故
不見北斗何處

二〇一八年三月十二日

日暮

山中日暮沉
鳥語晚來頻
君問客歸未
櫻桃花正馨

二〇一八年三月十四日

春夜散步

信步蓮池夜
留連青草野
抬頭覓斗牛
拳弄梅花側

二〇一八年三月十四日夜

悼霍金

終於擺脫了肉體的桎梏
赤裸之靈去同上帝下棋

二〇一八年三月十五日

▎夜雨

昨夜山屋聽雨濃
今晨海市看朦朧
愚園恰是春好處
草見萌芽木見榮

二〇一八年三月十六日

▎悼李敖

說一生真話留一身骨氣
困幾度鐵窗累幾多美人

二〇一八年三月廿日

▎春分記

永日無晴暗黃昏
桃花帶雨落繽紛
雖說冷熱分彼岸
未敢輕身入春分

二〇一八年三月廿一日

▎經歷

這個隧道就那麼長
入口只有一個
出口沒有兩個
走得慢的人
走得時間長

二〇一八年三月廿三日

▎愚園春

料定東風勢必興
平心靜氣對崢嶸
愚園已是春華嫩
且醉今宵女兒紅

二〇一八年三月廿三日

▎春宵

海上春宵靜而幽
佳餚美酒話吳鉤
風光眼下無不好
遠望還須更高樓

二〇一八年三月廿五日夜

▋櫻花

忽如一夜漫天雪
樹上瓊花遍地開
巷陌尋常春依舊
流年遠去喚不回

二〇一八年三月廿六日

▋愚園三月

三月風柔雨不急
拈花惹草正當時
勸君莫道青山遠
畫裡愚園量可詩

二〇一八年三月廿七日

▋大川花見

大川碧水小春潮
兩岸花堆白浪高
去歲來年皆類似
櫻宮橋上得風騷

二〇一八年三月廿八日

▋古城看花

森嚴壁壘古城花
瀟灑隨風去天涯
遠看最是風光好
何須樹下醉月華

二〇一八年三月廿八日

▋溪邊賞櫻花

禮拜何須去教堂
櫻花岸上正飛揚
清溪帶走風流物
一抹黃昏樹下香

二〇一八年四月一日

▋晨中口占

旭照愚園昇紫煙
春風無力百花開
鳥飛上下頻來去
可將餘愁共雲間

二〇一八年四月四日

▍散步詠夜櫻

細雨輕風月不明
尋清問靜遇夜櫻
花開一樹白如許
飄去飄來各玲瓏

二〇一八年四月四日夜

▍鄉思

給我一桿秤啊
一桿秤
足以衡量鄉思的沉重
給我一根尺啊
一根尺
足以衡量鄉思的長久

那桿秤啊
沒有相應的法碼
那根尺啊
沒有適應的刻度

鄉思啊，鄉思
你是那樣的輕盈啊
飄來飄去
你又是那樣的沉重
似永不風化的黃昏

鄉思啊，鄉思
你是那樣的暫短啊
忽來忽去
你又是那樣的長久
似永不乾涸的潮汐

二〇一八年四月七日

▌讀朱鐵志和《如果我死》

參透了政治
悟透了哲學

完了
悟空

高的境界
低的選擇

二〇一八年四月九日

▌周日清早看落英

仲春夜雨夢難圓
早上偷閒溪水邊
兩岸櫻花何處去
千枝萬蒂映潺湲

二〇一八年四月八日

▌雨中歸來

莫笑愚園野草深
初春恰好杏花村
微風細雨真畫匠
淡寫輕描總有神

二〇一八年四月十四日

▌望雲

層巒疊翠見雲天
疑是瑤台群玉山
常信蜃樓別世界
一期一會一良緣

二〇一八年四月十五日

▌晨出偶成

野草埋幽徑
花開點籬笆
愚園春好處
萬物自芳華

二〇一八年四月十七日

▌春宵醉歸

春宵醉酒歸已遲
步履浮雲路多歧
誤入山中誰家院
玄關燈火似相識

二〇一八年四月十九日夜

▌暮春

草木催春老
山中綠如潮
烏梅藏青子
楓葉秀樹梢

二〇一八年四月廿三日

▌穀雨日記

穀雨偏晴上好天
紅花綠樹漫悠閒
愚園草長無人蒔
耳順之年憶種田

二〇一八年四月二十日

▌春雨山莊

霏霏春雨晝連宵
草木生機盡妖嬈
莫道山莊偏井市
何妨弱水飲一瓢

二〇一八年四月廿五日

▌三月初六 [1]

為國於家不敢誇
愁腸熱血付天涯
山中磬鼓晚來遠
一縷斜陽萬朵花

[1] 陰曆三月初六：母親的生日。

二〇一八年四月廿一日

▌虞美人

平生浪跡天涯路
往事煙與霧
風花雪月去由之
誰有閒情逸志賦挽詞

愚園風雨催春暮
野草哪堪睹
老夫曉起抖精神
幾簇獨留窈窕虞美人

二〇一八年四月廿七日

▎櫻桃

玲瓏紅透半邊天
來去自由鳥留連
此果雖然塵世物
八仙乘月盜一籃

二〇一八年四月廿九日

▎五四運動九十九年所感

去浪淘沙今古同
青年難得氣如虹
勸君莫笑張特立
多少英雄違初衷

二〇一八年五月四日

▎三月十五口占

春宵明月一樹高
欲掩精華竟徒勞
七點橫天東南暗
薄雲一抹作白描

二〇一八年四月廿九日夜

▎馬克思誕辰二百週年

亂世紛紛經濟難
又瞻馬首非偶然
桑田滄海無窮已
一夢不長二百年

二〇一八年五月五日

▎櫻桃落去

櫻桃樹上布星羅
落怨風吹恨鳥舌
天若有情天亦老
人生甘苦自研磨

二〇一八年五月一日

▎六十歲生日記

古有六十將活埋
余今肉酒兩悠哉
何憂代謝新陳病
管他官財或棺材

二〇一八年五月五日

▌立夏的黃昏

立夏的黃昏
散步在街頭
傘在我的頭上
隔斷了我和天的交流

雨在傘的上頭
不是呻吟
不是歌唱
是在傳遞天的問候

通夜的人們
默默無語
一朵白的鮮花
一身黑的行頭

沒有歎息
沒有哭泣
與逝去者的不同
能聽到雨的挽留

挽留逝去的春
和逝去的人

二〇一八年五月六日夜

▌西宮神社

餘來神社為何緣
不祈長生不捨錢
古木連空斜照靜
年當耳順找桃源

二〇一八年五月九日

▌月亮

月亮光臨水井
被打水人擔著回家

月亮在水桶中歡喜
瀟灑一路月華

水缸口圓如滿月
沉底了幾多石沙

二〇一八年五月十日

▌野草花

愚園野草常荒蕪
主人溫存少剷除
雨水東風催花事
清香釋放好來屋

二〇一八年五月十二日

筍

千辛萬苦破土出
立地稱雄掛露珠
但憾主人食欲好
夢斷清晨入山廚

二〇一八年五月十二日

夏夜

夏夜尋幽野花庭
輕風送爽百蟲鳴
雲天頂上時明滅
一柄欄干掛九重

二〇一八年五月十六日

汶川地震十年記

無情地震毀文明
百萬家園轉頭空
度盡劫波兄弟在
十年一夢功告成

二〇一八年五月十二日

竹林雨

清晨入竹林
灑落瑤池雨
一鳴怨唐突
二羽驚飛去

二〇一八年五月十八日

水仙花開

五更夢碎再難眠
細雨披衣野草園
遠寺鐘聲悠而靜
水仙一簇花向天

二〇一八年五月十三日

雨後愚園

愚園雨後筍如毫
褐立竹林傾刻高
一簇花開魚腥草[1]
靜觀不遜水仙嬌

[1] 魚腥草：只可靜觀而不可觸摸，其臭遠在腐魚之上。

二〇一八年五月廿日

▌小滿吟

時來小滿綠蔭沉
節氣由天不由人
壟上開犁當年事
江風長短送鴣吟

二〇一八年五月廿一日

▌存在

上班復下班
朝出而夕還
憑檻翠微闊
一抹紅雲殘

二〇一八年五月廿二日黃昏

▌孟夏雨

永晝連綿雨不急
黃昏百草綠琉璃
今宵有酒誰人醉
步履蹣跚鞋已濕

二〇一八年五月廿三日

▌雨後晴

人氣何如天氣好
晴空一掃千般惱
愚園夜雨洗輕塵
綠樹成蔭白屋小

二〇一八年五月廿四日

▌回克

揮手愚園作小別
翠微影掃玉臺階
回歸故里因何事
好友親朋老同學

二〇一八年五月廿六日

▌歸途

躍上碧宵放眼寬
穿雲而去覓當年
生平豈信神仙事
命運由人不由天

二〇一八年五月廿六日

▍夜朦朧

細雨輕飄潤舊街
聲歌夜半唱無邪
當年歲月何從覓
鶴鬢童顏老同學

無邪：天真無邪，喻少年時代。

二〇一八年五月廿八日夜

▍月朦朧

一江平水半月彎
兩岸光華夜不眠
欲找從前楊柳路
輕風陣陣耳陳年

二〇一八年五月廿九日

▍龍山遇雨

龍山草木翠連天
眼底盡收江海蘭
百米秋千及時雨
淋漓痛快行卻難

〇一八年五月三十日

▍遊雁鳴湖

綠水青山景物寬
來風細軟渡心弦
雁鳴湖畔小留步
卻忘人生近暮年

二〇一八年五月三十一日

▍又回柞木台

老木新苗漸次森
陳磚舊瓦一寸塵
風聲鳥語仍依舊
卻是江山易主人

二〇一八年六月一日

▍無題

故國歸而離
喜憂各半矣
三思其底事
矇矓一木石

二〇一八年六月二日

▋ 六月三日記

離山才數日
愚舍已荒蕪
野草生孤徑
紫陽咲兩株

二〇一八年六月三日

▋ 故地重遊

柞木檯子柞木森
老眼來尋舊足痕
誰解鴣鴣長短調
重遊故地天涯人

二〇一八年六月六日晨記

▋ 六月四日記

憂國憂民未敢當
扶傷救死付肝腸
旁觀袖手良心事
冷眼書生草寇王

二〇一八年六月四日

▋ 芒種

清晨燕子雨中飛
左右愚園唱翠微
芒種曾經忙壟上
於今空憶黃土堆

二〇一八年六月六日芒種

▋ 夜雨聽竹

夜雨敲竹時緩急
千滴萬點走霓騎
天涯浪跡由來久
夢裡山河已依稀

二〇一八年六月五日夜

▋ 高考四十週年感懷

青春有志愧難言
擇業從醫亦偶然
鴻爪雪泥從頭看
一支派克又眼前

二〇一八年六月六日夜

31

高考四十週年記

一夢四十年
韶華千縷煙
餘生何所欲
濁酒祭月圓

二〇一八年六月七日

六月十二日記

遠望南洋五彩飛
須臾化作烏鉛堆
暖風吹得遊人醉
似忘天邊隱約雷

二〇一八年六月十二日

歸途遇雨

正是歸途喜星辰
風雲驟變雨傾盆
手無寸布遮身骨
任爾淋漓長精神

二〇一八年六月八日

雨後天晴

高竹盡掃白雲去
萬裡獨留碧玉天
雨後風輕聽鳥語
憑欄海上渡商船

二〇一八年六月十三日

梅雨

梅雨黃昏暑氣濃
雲天海上紫千重
傷寒偶感渾無力
兩耳徒聞往來風

二〇一八六月十日

▌臨江仙

汨汨丹江清流水
無言敘述曾經
書生意氣正年輕
同學依舊在
談笑勝青蔥

浪跡江湖何懼遠
幾多夢想隨風
漂洋過海尋舊蹤
小燒情義重
大餅味道濃

二○一八年六月十四日

▌天色

黃昏雲母滿天堆
一柱虹橋連翠微
雨後憑欄斜照晚
松風暗渡舊柴扉

二○一八年六月十五日晚

▌六月第三周日記

無由夜半竟無眠
獨立愚園草木繁
露打衣濕山風冷
南天寂寞落欄杆

二○一八年六月十七日父親節

▌五月節記

端午隔窗看紫薇
倏然一簇向雲緋
蒼天倘若良知在
不叫屈原汨羅悲

二○一八年六月十八日

▌端午地震

受困途中怨向誰
突發地震家難歸
屈平若是英靈在
且將電車去來飛

二○一八年六月十八日端午

地震日記

杞人憂天作笑談
島民怨地有前緣
昨逢端午一小震
城廓麻痺路行難

二○一八年六月十九日

二○一八年夏至

無風無雨亦無晴
永晝濃雲鎖空冥
扶桑仲夏人憂患
地動餘波猶未寧

二○一八年六月廿一日

地震餘情

震情不重人情重
海角天涯共存心
寶馬橫翻何足道
木雕互立感猶深

注：地震中博古架上的擺設，
金屬鑄馬四腳朝天，而木雕鴨
子大小連立安全無恙。

二○一八年六月廿三日

仲夏

雨斂風收仲夏晨
尋常草木亦殷勤
竹擁窗戶喚不去
蔓延籬笆上荊門

二○一八年六月廿四日

黃昏

何方巨筆降九重
浩蕩朱丹繪空冥
天涯落日銜滄海
遠望憑風是醉翁

二○一八年六月廿四晚

紫薇黃昏

嫣紅奼紫不足稀
此樹花開照瑤池
莫道黃昏天欲晚
愚園景色正當時

二○一八年六月廿五日

▍暴風雨就要來了

黑雲壁立壓山蒼
自有巍巍柱大荒
沐雨櫛風勢難免
清涼路上各忽忙

二〇一八年六月三十日

▍愚園半載記

紫薇烏柏黃金柏
各示腰肢落婆娑
木舍徒生蒼苔暗
愚園半載又蹉跎

二〇一八年七月一日

▍二〇一八年七月一日記

自古平民舉義多
朝庭重壓奈無何
初衷不過公平事
夙願遂成霸業奢
密雨南湖孤舟險
高天北海百姓歌
開來繼往誰言易
老馬之途勝佛陀

二〇一八年七月一日

▍黃昏颱風過後

海上見翠微
颱風天外歸
愚園草木靜
茅舍映斜暉
一縷鐘聲遠
三回燕子飛
江湖流浪客
籬下自徘徊

二〇一八年七月四日

▍七月連日雨

颱風已斂雨猶狂
鎮日山中淼茫茫
不見遠船航波浪
但聞稚雀遁蒼黃
老朽困難槐下夢
新花容易薇上香
又是一番瀟灑後
愚園草木肆張揚

二〇一八年七月五日

▍連雨放晴

雨住雲收氣象舒
林中遠近喜鵁鶄
紫薇花落知多少
猶見枝頭新蕊出

二〇一八年七月八日

▍伏天

知了一聲天下白
眾生熱望風雨來
愚園草舍木石臥
二意三心看聊齋

二〇一八年七月十一日

▍入伏吟

入伏即入鍊人爐
日夜薰蒸血汗枯
老朽唯餘殘喘力
釋迦法度有耶無

二〇一八年七月廿日

▍暑

小暑大暑憂中暑
欲入瑤池愁門路
莫道竹高好蔽蔭
山中正患無風雨

二〇一八年七月廿三日

▍伏

一伏二伏將三伏
黎明即起弄庭除
山中無雨群芳渴
行道替天水一壺

二〇一八年七月廿三日

▍仲夏吟

長竹打向紫薇梢
謝絕寒暄竟徒勞
老朽從來難入夢
不識時務知了高

二〇一八年七月廿三日

▍假疫苗事件有感

綠水青山枉自多
道德無奈行為何
科學嬗作天平物
法律當成對酒歌
性命攸關奸賺利
疫苗不管人死活
社會安全中國夢
文明教育怨蹉跎

二〇一八年七月廿五日

▍上帝之吻

在這個注定是屬於我的黃昏
等待著一場蓄謀已久的颱風

海天勾畫著瞬息萬變的狂風
的軌跡
夕陽在竹林下苟延殘喘的盡
情狂歡

我忐忑不安
我無以名狀

上帝飄然而至又轉瞬即逝
給力我一個粉紅色的熱吻

二〇一八年七月廿八日夜晚

▍青山

我看青山多嫵媚
青山看我料不是
故使蟬兵布陣圖
喧天鼓角無窮已

二〇一八年七月三十一日

▌紗窗月

紗窗月亮放麥芒
灑落床前呈清霜
靜夜思來難入夢
低頭舉首兩彷徨

二〇一八年八月一日

▌黃昏歸來時

斜照透竹林
白屋重染金
愚園不人語
但有知了吟

二〇一八年八月六日

▌悼翁長雄志

海暗天低暮色稠
翁長駕鶴憾西遊
琉球正是風浪緊
雄志誰人掌舵頭

二〇一八年八月八日

▌病中賦

偶感風寒非偶然
新陳代謝我心甘
臥聽知了催秋近
坐看白雲捲天藍
西走東奔累十載
瞻前顧後愧千番
扶桑盆舞迎神鬼
祈禱何須一柱煙

二〇一八年八月十五日

▌題某上等人

每有沉渣泛作花
原形裸露自猶誇
人間社會人幾等
氣壯山河下里巴

二〇一八年八月二十三日

▌中元節

中元月色冷雲天
萬縷清風一縷蟬
浪跡江湖人已老
今宵偏念是關山

二〇一八年八月二十五日

▌又是九一八

落葉秋山靜
黃昏染紫薇
天涯人寂寞
遠望悵雲飛

二〇一八年九月十八日

▌戊戌年 21 號颱風祭

借得颱風洗乾坤
無極萬裡望無塵
天翻地覆窗前是
一縷香煙送風神

二〇一八年九月五日

▌秋分

秋分
是秋成熟的日子
日夜平分天下
萬象平和沉寂

彼岸花
在夜晚悄然綻放
披著月光的袈裟
祝福秋的安祥

清晨的雲
鋪就彼岸的天梯
我心如水
目送烏鴉飛去

二〇一八年九月廿三日

▌毛澤東四十二回忌

水亦載舟亦覆舟
行舟順水得千秋
潤芝不死竭芝死
今古神洲數風流

二〇一八年九月九日

▌彼岸花

靜夜宜眠竟無眠
愚園月下客留連
風來有意暗香送
彼岸花開一瞬間

二〇一八年九月二十一日

▌水調歌頭

海上升明月
天涯共此時
浪起浮光掠影
波推碎琉璃
萬里田疇阡陌
一派清霜蕭穆
斑駁見陸離
畫匠無須筆
天地白石齊

當此夜
宜懷遠
怨分岐
遙想弱冠
曾經強愁說新詞
流落江湖半世
閱盡風霜雪雨
方知氣象淒
舉杯邀明月
與我分休戚

二〇一八年九月廿四日中秋夜

▌秋晨

幾度颱風掠海山
秋光零亂下愚園
晨中桂客無人請
自放清香沁鼻端

二〇一八年十月七日

▌秋晨偶得

桂客何其不耐涼
清霜未降已滄桑
荒園幸有青竹勁
四季蔥蘢勝花香

二〇一八年十月十三日晨

▌重陽晨詠

老氣橫秋夢已稀
重陽早上望雲低
紅霞錯解離人意
綠樹輕扶玉露滴
野鳥驚飛須臾遠
寒蟬清唱偶來急
江湖浪跡言何狀
每度佳節不敢期

二〇八年十月十七日

▌重陽夜吟

重陽把酒黃昏後
月照紗窗清秋透
底事酩酊此日酬
江湖未改人非舊

二〇一八年十月十七日夜

喜港珠澳大橋開通
和文天祥〈過零丁洋〉

造物從來誰靠經
功成戴月又披星
山河一統驚天下
海塹通途喜近平
港澳珠橋連港澳
伶仃洋裡不伶仃
欣存盛世尚能飯
細品今宵竹葉青

二〇一八年十月廿三日夜

秋風實感

秋風乍起送涼天
木自蕭然石自閒
欲向黃昏索冷句
紅雲萬縷上竹尖

二〇一八年十月廿九日

清秋即景

天然有本色
楚楚清秋澈
水漫彼瑤池
流藍此塵側

二〇一八年十月三十日

清晨散步拾句

野草秋芳解客憂
晨中趁步屢應酬
森林木下風流自
最是尋常歲月悠

二〇一八年十一月二日

仲秋黃昏有感

清秋韻味晚來濃
離陸斑駁斜照晴
落木猶嫌霜軟弱
半紅半綠伴草叢

二〇一八年十一月四日

夜歸

正是霓虹初上時
風搖不動銀杏枝
行人左右知何去
彼此無關自東西

二〇一八年十一月六日

立冬日黃昏有感

霜天日暮暗雲飛
北鶴西南去不歸
舉目芸芸孰例外
蒼生到底半坏灰

注：同窗駕鶴西去，不勝感懷。

二〇一八年十一月七日夜

天淨沙・雪鄉

江山如此多嬌，
占地為王土豪，
宰客明文公道。
人心不古，
可評反？座山雕。

二〇一八年十一月十八日

小雪日偶吟

御堂筋
銀杏黃
危樓對斜陽
低眉俯首寓何意
金身小姑娘

光陰迫
歲月忙
「小雪」又風涼
何從何去人來往
遠客獨彷徨

二〇一八年十一月廿二日

秋園

莫笑秋園草木深
嫣紅姹紫小陽春
農夫眼裡果實重
騷客心中花葉親

二〇一八年十一月廿三日

▌書寫山

賞葉年年去
今來輸血山
綠海翻紅浪
鐘悠古寺閒

二〇一八年十一月二十四日

▌夜訪姬路城

夜闌白鷺靜
明月自逍遙
楊柳風不動
悠悠木石橋

二〇一八年十一月二十四日夜

▌白鷺城

姬山白鷺欲飛天
躍躍徒勞幾百年
正是秋光無限好
賞心悅目偶偷閒

二〇一八年十一月二十五日

▌窗前流雲

流雲不可測
變化只須臾
喜見九頭鳥
搖身一鯉魚

二〇一八年十一月二十八日

▌歸來

半夜歸來半酩酊
一街黃葉一街燈
三心二意扶桑路
九曲八回已朦朧

二〇一八年十一月三十日

▌秋遊六甲山

常懷六甲秋山韻
布引飛瀧育紅雲
曲澗隨身波浪細
平湖暮水起氤氳

二〇一八年十二月二日

▍秋晨即景

重彈老調秋風事
又見繽紛下紫薇
耐得清寒分外酷
菊花笑顏不輸梅

二〇一八年十二月三日

▍鳥

天生寵物信天悠
不知風雨不知愁
冷眼向洋看世界
管他冬夏與春秋

二〇一八年十二月五日

▍清晨散步詠殘秋

紅葉凋零黃葉繁
楓疏枰盛草衰殘
晨光欲暖天涯客
雁叫長空送清寒

二〇一八年十二月六日

▍「大雪」日記

夜半清寒覺衾薄
披衣坐起看群聊
方知大雪當今日
復入夢鄉梨花飄

二〇一八年十二月七日拂曉

▍寒冬襲來

一夜殘秋入仲冬
長雲萬裡送寒風
愚園最是清涼舍
喜有斜陽暖庭松

二〇一八年十二月八日

▍題山姆大叔

翻手作雲覆手雨
是圖唯利何須數
多行不義必自斃
算盡機關一坏土

二〇一八年十二月十二日

▍寫在國家公祭日

未忘犧牲滿秦淮
鐘山冷月葬民哀
硝煙已遠火器在
歌舞昇平莫過哉

二〇一八年十二月十三日晨

▍晨雲

蜃氣晨來化有形
橫空出世走長龍
山中又是一年盡
古木修竹浴冬風

二〇一八年十二月十八日

▍雲霓

我看雲霓多美好
雲霓看我若何耶
天生萬象無一是
秒秒分分已非哉

二〇一八年十二月十四日晨

▍歲月

天高好走雲
地遠宜遊人
歲月山中靜
木石幾重塵

二〇一八年十二月廿二日

▍夜空

天人何所居
萬里空不見
把酒問明月
松風雙鬢亂

二〇一八年十二月十五日夜

▍平安夜賦

瀟然落葉亂如煙
禦堂筋燈暗闌杆
酒鬼一杯天地酹
平安夜裡祈平安

二〇一八年十二月廿四日

▋十二月廿五日感時

今人鸚鵡竟同格
附雅趨風作學舌
聖誕平安何方事
張燈結綵暗星羅

二〇一八年十二月廿五日

▋題窗外白雲

白雲有意秀窗來
賣弄風姿久徘徊
我欲騰空隨爾去
木石何奈陷塵埃

二〇一八年十二月廿九日

▋紀念毛澤東誕辰 125 週年作

非神非聖非凡人
武略文韜乃絕倫
最是生涯高貴處
全心全意為國民

二〇一八年十二月廿六日

▋年夜

慣於長夜過年時
冷風瀟瑟亂鬢須
夢裡依稀滋母淚
空中正是鬥參稀
窗外千家燈火旺
居家百事累人疲
吟罷東方微曙色
迎新送舊怨積極

二〇一八年十二月三十日

▋港灣

海上清風晚尤酥
蘭舟碎浪踩虹途
南腔北調幾多客
笑語盈盈入屠蘇

二〇一八年十二月廿七日

▌題二〇一八年末日晨

舊歲陳雲去新年

蒼茫海上隱約船

一條小路彎而曲

草木愚園正闌珊

二〇一八年十二月三十一日

▌二〇一八年末夜詠港灣

末夜風寒冷畫船

誰人海畔惜舊年

紅光四射通天塔

為我瑤池帶吉言

二〇一八年十二月三十一日夜

第二集

2019 年木石詩選

己亥年伊始有感

勿須大吉已成煙
己害無心亦有嫌
歲月江湖非本意
江湖倒比廟堂閒

二〇一九年一月一日晨

新年感賦

狗去豬來意欲何
如梭歲月嘆磋砣
冬風下葉當窮盡
野草愚園見復活

二〇一九年一月二日

看浮雲

老朽無為怠於勤
晨來不作看浮雲
紫煙正覺千重好
轉眼鉛橫一互沈

二〇一九年一月四日

憶春城

浪跡天涯寒暑路
春城欲覓知無處
風花雪月各別時
此地清晨彼地暮

二〇一九年一月五日

小寒拾句

海上黃昏作雲堆
天生驕子自高飛
愚園樹下風吹冷
遠客關山不得歸

二〇一九年一月六日

一月七日記

莫怨愚園僻而偏
冬風暖意綠庭前
初七百姓粥七草
我自操刀苦苣鮮

二〇一九年一月七日

▌周恩來逝世四十三週年記

周公智慧本超群
治國安邦盡終身
最是官僚難敵處
清風兩袖不染塵

二〇一九年一月八日

▌一月九日記

世事滄桑誰使然
回頭望去霧與煙
人生難得無遺憾
坦率從容度餘年

二〇一九年一月九日

▌十日財神節

財神廟裡眾香賓
不見財神見女神
恭迎敬送三分笑
玉手拈來一吊銀

二〇一九年一月十日

▌臘月初七即景

遠近晨雲低
鵁鶄左右徐
水仙臘月裡
卒卒春消息

二〇一九年一月十二日

▌臘八晨記

久違雄雞唱清晨
忽聞杳杳鷗鶄吟
臘八早起攀寒樹
回味當年砍柴人

二〇一九年一月十三日

▌筆記

老朽無勞意欲何
清晨夢斷就書桌
金龍續作當年舞
喜見一輪透簾羅

注：金龍指作者之金龍牌鋼
筆，乃家中古物。

二〇一九年一月十四日晨

▌冬晨望海

海上仙山不可尋
虛無飄渺本浮雲
風花雪月愚園好
冷靜冬晨酒最醇

二〇一九年一月十五日

▌題烏桕樹

葉盡空餘桕籽寒
烏鴉曉樹啼愚園
冬風不解遊人意
偏布薄雲障海天

二〇一九年一月十六日

▌二〇一九年一月十七日記

夢斷當年破曉時
天塌地陷莫名之
光陰似箭屈指數
對鏡難勘兩鬢絲

注：阪神大地震二十四週年日。

二〇一九年一月十七日

▌題朝日

霧障雲遮樹柵欄
陽光不誤照人寰
天生一個仙人洞
似是而非但高懸

二〇一九年一月十八日

▌大寒前夜

夢斷三更怨月白
撩紗弄影樹徘徊
披衣又覺清屋冷
故對香爐看聊齋

二〇一九年一月二十日

▌大寒日記

細雨淅淅入大寒
催春有意潤愚園
當年冷峻擁門雪
下酒溫情上晚餐

二○一九年一月二十日

▌超級月

狼牙犬齒樹參差
落地精華薜荔衣
敝帚千揮掃不去
擡頭細數嘆星稀

二○一九年一月廿一日夜

▌夜讀

老眼昏花累夜讀
常將論字看成輸
輸贏倒是無所謂
論病談醫在江湖

二○一九年一月廿二日

▌憶古都臘梅

不信梅花戴雪開
曾經臘月訪靈台
暗香透徹紅牆外
入內寒蝶遠近來

二○一九年一月廿四日

▌題老樹畫畫

老樹新枝花尤俏
輕描淡寫其中妙
問君能有幾多愁
畫畫一筆勾銷掉

二○一九年一月廿五日

▌冬晨即景

望斷長天雪不飛
翻騰只作暗雲堆
山中拂曉寒風勁
又見水仙照紫薇

二○一九年一月廿六日

▍晨思

山中欲曉見曦微
萬物猶眠鳥卻飛
靜坐窗前屈指數
幾多寒暑去不回

二〇一九年一月廿七日

▍冬雨

細雨冬春過度時
愚園草木悉潤滋
烏鴉樹上三聲啼
柏籽殘餘一地濕

二〇一九年一月三十一日

▍臘月二十三記

海罩雲霓山罩煙
晨曦臘月二十三
愚園偏得餘光顧
不雪不霜亦不寒

二〇一九年一月二十八日

▍瑞雪

昨夜流星雨蒞臨
今朝蔽舍著霜痕
開窗遠客呼白雪
但恐日出化作魂

二〇一九年二月一日

▍夜中無眠記

三更入睡四更醒
老朽無勞又無眠
屈指年來高枕日
漫步庭中望月殘

二〇一九年一月三十日

▌卜算子‧詠梅

愚園老殘梅
開放憑心骨
臘月群芳各蕭條
自作寒天主

除夕恰立春
晨起雲低樹
微雨輕風陣帶香
梅韻新春祝

二〇一九年二月四日

▌春節

新春舊事總合流
夢裡依稀古土丘
去國迢迢山海遠
欲歸有路無行頭

二〇一九年二月六日

▌散步詠夜英

散步何緣遇夜英
縱然未飲也酩酊
輕寒瑟瑟羞明月
錦繡如織照銀燈

二〇一九年二月七日

▌夜松

夜
脫去了松樹的色彩
和婆娑
赤裸出松樹的靈魂
有形的
不是幽靈

二〇一九年二月八日

無題

此時此地
漫不經心
隨手把一粒蝦仁
放入口中

感覺陡異
如蜂入口
原來是一枚牙齒
誰的牙齒

此地此時
心有餘悸
不知是我咬了它
還是它咬了我

二〇一九年二月九日

登高望遠

樓外青山山外樓
光天化日看瀛洲
無情最是白雲過
一片斑斕暗眉頭

二〇一九年二月十日

初七即景

烏鴉白雪兩相飛
一唱一和對春梅
如此初七人日好
愚園可望木石歸

二〇一九年二月十一日

感時：紙馬

綠水青山枉自多
冥錢紙馬賄閻羅
巡天已是尋常事
入地今非夢南柯
富貴難敵愚昧癥
貧僧易示化緣缽
一通大火官財運
污染青天污染河

二〇一九年二月十二日

▋夕陽

夕陽入西窗
落地弄沈香
旅客無思量
清茶品竹光

二○一九年二月十三日

▋寫在「情人節」

情人與人情
神仙理不清
可憐眾男女
擠眉弄眼睛

二○一九年二月十四日

▋三葉蟲

活著　活著　活著
身藏在泥土中
三億年　三億年
還有三億年
為了證明
巖石的形成
還有巖石的崩潰
陽光耀眼的時候
肢體殘缺不全
但是微笑
活著　活著　活著

二○一九年二月十六日

▋地球之眼

年復一年
歷盡寒暑
目不轉睛
注視太空
尋找自己誕生的證人

二○一九年二月十七日

伐竹

伐竹不為做漁竿
但得清風少阻攔
歲月山中皆瑣事
暇來鋸帚總難閒

二〇一九年二月十八日晨

元宵節逢雨水

雨水下元宵
仃伶掛樹梢
當年塞外雪
月照猶妖嬈

二〇一九年二月十九日

十六的月亮

昨夜金蟾上今宵
一暉不減半分毫
若是天宮常如此
東坡難免少風騷

二〇一九年二月廿日

贈少年

勸君勿笑我邋遢
皓齒明眸自有涯
莫做方長來日士
須臾東旭已西斜

二〇一九年二月廿二日

西窗含竹

西窗含竹綠
翠鳥啾不已
欲問何所求
但愁無翻譯

二〇一九年二月廿三日

閒談

朝看雲霞暮看煙
清風兩袖是良緣
山中喜有無名鳥
一唱一和不要錢

二〇一九年二月廿五日

▌竹鞭

養晦韜光土中行
盤根錯節地下盟
不惜老朽微薄力
為得春風眾芳榮

二〇一九年二月廿七日

▌題殘梅

已是梅花半數空
清幽畢竟類不同
愚園冷落人鮮顧
靜謐猶添香幾重

二〇一九年三月一日

▌植樹

小動幹戈何所為
竹旁松下又栽梅
枝椏軟弱花無力
且賴寒風幾度吹

二〇一九年三月二日

▌夜雨

餘栽草木天知也
故灑甘霖夜半時
曉來無晴卻有情
玲瓏剔透滿園枝

二〇一九年三月四日

▌驚蟄

櫻桃蓓蕾半拆開
笑吻春風履約來
早上烏鴉頻傳語
無情有意擾人懷

二〇一九年三月六日

▌二月二逢三八節

人雲此日龍擡頭
邂逅三八鳧水流
田力誰稱英雄漢
半邊天比整天悠

二〇一九年三月八日

▌觀朝拜者而感

一生朝拜萬磕頭
露宿風餐雪雨儔
何去何從何用意
唯寄來世住瀛洲

二〇一九年三月九日

▌春晨

風渡一二級
花開三四枝
伐竹五六尺
野鳥七八隻

二〇一九年三月十日

▌題愚園松竹梅

松勁竹修梅暗香
不同而和不廟堂
偏隅大穀崢嶸地
共度風涼好時光

二〇一九年三月十二日

▌春雷始作記

春雷春雨入黎明
夢裡依稀見柳青
即起迎頭愚園樹
多少春花帶水晶

二〇一九年三月十三日

▌紫薇

白屋有紫薇
破曉固清暉
待到七八月
花開羞貴妃

二〇一九年三月十五日

▌春晨冰雪襲來

女媧煉石補就天
訇然洞裂冷塵寰
今朝應是春來好
陡遇門前雪欄干

二〇一九年三月十六日

▌看 1973 年視頻有感

日月如梭冗談常
回頭望去感滄桑
四十六載多收穫
一寸肝膽一寸腸

二〇一九年三月十七日

▌春分散步海港

春分信步港一灣
海上高樓抵雲端
孟浪明知身是客
年華向晚爽關山

二〇一九年三月二十一日

▌春天彼岸記

春當彼岸亦蕭條
野鳥空飛悵樹梢
嫩葉無出新枝未
銜將舊籽去雲巢

二〇一九年三月十九日

▌訪飾磨

莫道櫻花音訊早
尋常寺院已風騷
紅雲萬朵出白壁
古韻馨香巷陌飄

二〇一九年三月二十四日

▌夜晚蓮池散步

久違蓮池步草坪
青黃錯落寫春情
花開幾簇驚其早
燦爛皎潔映夜冥

二〇一九年三月二十日

▌細江

橋上黃花橋下媚
風流韻事水中肥
橋邊古寺鐘無語
未到黃昏報點時

二〇一九年三月二十四日

常福寺

清晨入古寺
嫋嫋旭斜暉
老幹出新蕊
山櫻半數緋

二〇一九年三月廿八日

工業地帶

硝煙遠上白雲間
壁壘森嚴障海天
旖旎風光增異色
愁思杳杳釋然難

二〇一九年三月三十日

妙法寺川

晨曦紫氣滿清溪
淡抹濃裝各有姿
老朽休言肌膚劣
新花綻放也相宜

二〇一九年三月廿九日

友人共賞須磨浦櫻花

山花映得海花紅
老友須磨浦相逢
俚語鄉音適下酒
何妨一醉酬舊情

二〇一九年三月三十一日

窗外布穀鳥記

窗前布穀欲如何
半若招呼半若歌
莫非上帝鍾情我
暗示今宵降星羅

二〇一九年三月三十日

日本新元號亮相

令和亮相故矜持
步履蹣跚弄玄虛
整景何其東洋景
花吹雪落樹空枝

二〇一九年四月一日

走馬觀花記

去歲颱風後患矣
今春豔事到來遲
同儕走馬觀花興
盡付清風掃而歸

二〇一九年四月二日

春宵明石城

一池碧水養春花
自在逍遙水上鴨
日暮城中人樹下
和風細語話韶華

二〇一九年四月三日

清明記

一樹瓊花綻向天
瀟瀟遠去蓬萊山
此花本是無情物
底事清明最可憐

二〇一九年四月五日

白鷺城

白鷺城環護城河
河浮白鷺起婆娑
櫻開岸上千姬女
棹動船頭百重波
壁壘深巖成古跡
吳服舞妓唱新歌
登天守閣宜望海
浪捲雲舒過高車

二〇一九年四月六日

夜櫻

精華欲掩夜無能
秀色反添別樣濃
莫怨今春櫻咲晚
一朝綻放勢如虹

二〇一九年四月六日

▌須磨浦賞夜櫻記之

清風有幸過花林
興會繽紛夜靈魂
袖手旁觀疑是夢
分明香露點客唇

二〇一九年四月七日

▌愚園春色

莫笑愚園景物稀
須將高目且放低
野草春花最可愛
未曾澆水未施肥

二〇一九年四月九日

▌路遇黃昏

人在路上
夕陽沈下山崗
留下一段紅雲
還有餘光

餘光矇矓，然而
能直透心臟
其中的血不熱
也不涼

涼風漸起
黃昏在腳下鋪路
步履不急
也不慢

慢點走吧，聽說
明天，黃昏還來鋪路

二〇一九年四月九日

雨中散步妙法寺川

雨沿著櫻指引的方向落下
櫻便對雨以身相許

山中情敵過多
櫻遠走他鄉

風是櫻忠實的粉絲
護衛著櫻私奔

溪流是櫻盡知的秘路
在時機成熟的時刻蜂擁而去

二〇一九年四月十日

山桃花

在我的院落外
山桃花又開放了

山桃花屬於那爿泥土
看山桃花的眼睛屬於我

我不需要那爿泥土
只需要山桃花在我的視野

風領著山桃花瓣兒來了
徘徊在我的陽台上面

僅此
我已十分地愜意

二〇一九年四月十二日

▌蒲公英

在盛開的櫻花樹下
蒲公英開放著

路人的目光取向
我洞若觀火

只有踏青的獵手
對蒲公英投以微笑

陽光普照，櫻花樹冠
網開一縫

感恩戴德，蒲公英報以
金黃的笑容

夜幕降臨，我知道
蒲公英還做昨天的夢

二〇一九年四月十三日

▌黃昏進觀音山

山蔭增秀色，
日暮櫻花菲。
遠處明燈火，
遊人可欲歸？

二〇一九年四月十四日

▌風雨櫻花

誰為櫻花送行
街燈行注目禮

誰知櫻花的去向
上帝難辭其咎

誰與櫻花同行
是靜臥鮮花的主

在風雨的黃昏
有人穿過櫻花的靈柩

二〇一九年四月十四日晚

▎巴黎聖母院

一派莊嚴萬般嬌
西堤島上領風騷
八百年多悲情事
恩恩怨怨照天燒

二〇一九年四月十六日

▎夢前川

春風碧水兩不興
岸上櫻花自多情
最好黃昏丹青士
淋漓醉墨寫矇矓

二〇一九年四月十七日

▎隔岸火

滾滾的濃煙中
一隻鳥在飛翔
誰知道鳥的用意
和去向

願意哭的，哭吧
願意笑的，笑吧
待我懂得藝術
我也玩個煩惱

昨晚，收工回來
今朝，上工出去
只要不感冒
只要能吃飽

二〇一九年四月十六日

▎三月十五記

趙西元帥降凡塵
窈窕初開虞美人
自古來財皆有道
王孫公子最通神

二〇一九年四月十九日（三月十五）

▎虞美人‧穀雨

春花易老松難老
穀雨知分曉
花隨風飄去何方
翠綠松姿根本不彷徨

愚園幽徑埋野草
委婉無名鳥
扶桑浪跡年復年
厚土黃天郊外夢留連

二〇一九年四月二十日

▎村山

僵臥村山不自哀
清風白月遠塵埃
無心草木孰長短
野鳥由牠自去來

二〇一九年四月廿一日

▎暮春

未覺春宵盡
分明夏日臨
開窗嫌熱氣
入市走涼蔭
老邁常身倦
年高短夢頻
山中斜照靜
古寺報黃昏

二〇一九年四月廿二日

▎題瓶中花草

弄土移花木室栽
清高自有氣無哀
滿瓶綠色裝不住
一副青簾掛壁來

二〇一九年四月廿五日

▌路上

在說走就走的路上
不妨回頭瞅一瞅

世界有詩和遠方
生活在伸手觸及的身旁

看慣了的風景
閃亮在異鄉人的瞳孔

多想乘坐那一班火車
去到那個小小的車站

二〇一九年四月廿六日

▌早上暮春

竹拂半月淨
松舉一天藍
海上白雲去
長風動短衫

二〇一九年四月廿七日

▌逛街：腳下留情

商賈藝藝客擁擁
消閒信步誤其中
耳聞目睹金銀事
道是無情卻有情

注：商店街道路上有圖案美麗
的馬胡路井蓋。

二〇一九年四月廿九日

▌逛街：門市

久違紅塵只看門
門中貴賤不費神
神思只賦常青樹
樹上婆娑鳥深吟

二〇一九年四月三十日

▌鳥朦朧

院裡櫻桃日漸紅
歸來夜照半枝空
勞動佳節誰快樂
隔窗怨有鳥朦朧

二〇一九年五月一日

▋蒲公英：再見

在我心情蠻好的時候
蒲公英來辭行

我心如明鏡
它的美麗至多是迴光返照

好在有風領著走
將得到最後張揚的機會

口頭說再見
想的是永別

因為再見到的時候
彼此一定已改頭換面

祝一路順風
此時我的心情蠻好

二〇一九年五月二日

▋散步偶吟

不煙不酒不青樓
偶得閒暇品陸游
巷陌人家磚瓦古
清香暗透老木頭

二〇一九年五月三日

▋鳥口奪食

愚園碩果壓青枝
不請自來鳥爭食
老朽猶存洪荒力
剪刀上下不遲疑

二〇一九年五月三日

▋五四運動百年記

九州命運恃青年
曾經壯志撼雲天
書生放眼看世界
戰士開懷對陣前
大國復興不是夢
小康兌現豈獨錢
五四精神當未死
淘沙巨浪勢必然

二〇一九年五月四日

▌北鬥星

入夜
仰臥在公園的長椅
北鬥星正與我平行

微風
掠過我的面頰
傳來夜的歌聲

行人
在我的身邊走過
夜色淹沒他的行蹤

丁香花
隱約可見的嘴角
吐露著清香朦朧

北鬥星
鬼眨眼地揶揄
流露出百年的衷情

嗚呼
為時不晚
後會有期

二○一九年五月五日

▌暮春

我付出了代價
櫻桃卻辜負了我的好意
公然誘惑無名鳥
狂歡
接吻
然後私奔
只遺落下
暮春的印象

二○一九年五月五日

▌初夏

嫩綠忽然楠木肥
殘紅落破莫連枝
晨光恰好平寒熱
正是納新吐故時

二○一九年五月八日

▌詠路邊蒲葦

平凡出桎梏
茁壯何須護
大上高無求
仙維瘦筋骨

二〇一九年五月十日

▌母親節

清晨
撥打一個電話
2319305
其中傳來語音
你撥打的電話是空號
暫時無法接通
………
………

窗外
一羽無名鳥
在電話線上
悠蕩
………
………

二〇一九年五月十二日

▌清晨

翠微月無雨
清晨一壺露
不施虞美人
但將林黛玉
野草自當強
絳株運命苦
餘獨憫弱乎
老朽化石木

二〇一九年五月十九日

▌月夜

月上中天久徘徊
餘歸夜半愧臨台
開窗恭請遠來客
頓教茅屋作豪齋

二〇一九年五月十九日

▌重遊手柄山

市裡山丘不必高
但喜蔥蘢起浪潮
二十年前音異客
南腔北調鳥與邀

二〇一九年五月二十一日

▌信步胡吟

人間鳥類共一席
各有鍾情各有需
海上風輕吹細浪
遊船管樂緩而急

二〇一九年五月二十二日

▌夏日白鷺城

綠樹氤氳白鷺飛
蘭舟弄亂彩雲堆
千姬一去不復返
遠客無人論是非

二〇一九年五月二十五日

▌魚腥草

愚園處處魚腥草
幾度揮刀不了了
夏日白花亦可憐
從今任爾春秋老

二〇一九年五月廿七日

▌山中夏雨

夏雨催生不遲疑
山中樹樹展青枝
竹林且喜萌芽露
轉眼高高筍過膝

二〇一九年五月廿八日

▌剪枝

黎明即起不練功
大動干戈理樹容
匹夫無知天下事
尋常草木是同盟

二〇一九年五月廿八日

天淨沙 · 雨後蓮池

黃昏夏雨新停
白花綠草藍鶯
古寺鐘聲動靜
人生如夢
誰家通夜燈明

二〇一九年五月三十日

六月一日隨筆

夜半無眠已自然
白頭悱惻妒紅顏
人生易老天難老
喜看愚園草木藍

二〇一九年六月一日

自哂

自給自足自愧乎
青山草木脆而酥
江湖遠去風塵事
綠水藍天育筍竹

二〇一九年六月二日

高砂散步

浮生一日罪三遭
寸寸光陰秒秒拋
歲月如流留不住
高砂老邸見前朝

二〇一九年六月二日

「六四」三十年有感

為人最忌是囂張
謹慎謙虛作棟樑
袖手旁觀天下事
沽名釣譽我不能

二〇一九年六月四日

高砂散步（二）

古木參天氣象森
高砂廟裡覓金身
金身不語肉身語
買賣興隆念經人

二〇一九年六月五日

▌芒種有感

五十年前記猶新
始種莊稼學作人
老朽而今無能事
烏梅漬取酒一樽

二〇一九年六月六日

▌雨中端午記

青竹綠木暗山間
遠望空濛海上煙
端午節逢瀟瀟雨
天涯旅客醉愚園

二〇一九年六月七日

▌愚園初夏

紫薇樹下紫陽花
烏桕枝連烏梅椏
勿笑愚園荒野草
尋常偶爾見英華

二〇一九年六月八日

▌希望

去歲歸裡得菇娘
今朝菇娘掛玲瓏
愚園草木孕希望
竊喜一閒對百忙

二〇一九年六月九日

▌大鹽掠影

白駒過隙不虛言
轉瞬二十又五年
老廟新碑無意看
參天古木尚依然

二〇一九年六月十日

▌西窗掠影

青竹玉立蒼松勁
野鳥時來長短吟
最是黃昏斜照入
迷離撲朔忘風塵

二〇一九年六月十一日

▌黃昏散步偶遇

雨後黃昏布陰沈
白花野草對青雲
誰家通夜明燈火
忍見天開去靈魂

二〇一九年六月十二日

▌海邊散步偶遇

漁人胡垂釣
錦鯉青天浮
願者來鉤上
開心共屠蘇

二〇一九年六月十七日

▌夏天的早晨

風清悅鳥啼
露打促花開
朝陽暫短也
切勿磋砣哉

二〇一九年六月十三日

▌移情閣題

移情閣外海如煙
試想當年孫逸仙
國事家事天下事
誰知情移向誰邊

二〇一九年六月十九日

▌黃金柏

旭照黃金柏
山中看輝煌
天公知我意
夏樹布蔭涼

二〇一九年六月十四日

▌題明石大橋

遠看波平近浪高
橫空跨海走逍遙
人間造物真奇蹟
碧水明石架鵲橋

二〇一九年六月二十日

▌夏至愚園

綠樹成蔭日漸深
風搖葉動影紛紛
蓬屋市井繁華外
閒聽夏至百蟲吟

二〇一九年六月二十一日

▌朝別愚園

不戀青山慰我情
乘雲而去越長城
暮年未死雄心在
清風兩袖訪親朋

二〇一九年六月二十二日

▌故土

舉目所望的地方
我曾經用步子丈量

人煙稀少的夜晚
最害怕磷火對著月光

我失落的汗水已經乾涸
落下一滴清淚在那徜徉

古老的土地啊
又有玉米新苗生長

二〇一九年六月廿三日

冰火相容

夜色催更布酒局
香風嫋嫋露華滋
主人莫笑江湖客
烈火寒冰醉延吉

注：烈火指烤肉、寒冰指涼啤酒。

二〇一九年六月廿六日

歸來記

蒽蘢待我幾多情
歸來欲進步難行
前擁後護牽衣袖
好比青春慰老翁

二〇一九年六月三十日

夜醉晨醒記

從來酒力自難誇
夢醒清晨愧有加
忽記獲贈書和語
不虛萬里踏雲涯

二〇一九年六月廿八日

古街風情

斜陽入水細江悠
岸上香風送客遊
古寺鐘聲傳話語
高低遠近訴春秋

二〇一九年七月一日

又別故里

雨住雲稠霧幾重
當年故里覓何從
鄉愁可謂朦朧事
總總林林道不明

二〇一九年六月廿九日

▌天火

在最該沈寂的地方
在最該寧靜的時刻
天火
升騰了

那一瞬間，便
通過我的瞳孔
進入我的血管
宿在我的心中

然而，他
並不安寧，他
在其中躁動
在其中翻騰

我感覺到
我的血在洶湧
把我的周身
染得彤紅

我知道，這
是天火的量子
在驅使我的靈魂
與阿波羅互動

二〇一九年七月二日

▌半圓世界

通過家的透鏡
我看到一個半圓的世界

這個世界多麼精彩啊
綠樹遍佈其中
有五彩的花朵點綴
時有小鳥落在枝頭歌唱

然而，我無從知道
另一半世界的模樣
根據自己的經歷
那裡大概是野蠻的區域

我曾經唐突而入
迎面便是蚊蟲的肆虐
接著是長蟲阻路
還有烏鴉糞便的傾泄

我熱愛我的半圓世界
然而，我憎恨
那另一半的
野蠻

二〇一九年七月三日

▌聞得知了第一聲

梅雨間晴望山青
忽聞知了唱玲瓏
一年又始喧嘩日
破曉無需賴鬧鐘

二〇一九年七月四日

▌愚園油桃

椏分四五枝
碩果七八餘
有意酬飛鳥
無心自主食

二〇一九年七月七日

▌紫薇花開第一枝

清風有意木櫺窗
漫捲雲紗暗帶香
老樹千重波綠浪
一枝獨秀紫薇紅

二〇一九年七月五日

▌七七事變八十二年記

江山永定朝朝夢
歌舞昇平屢屢煙
盧溝曉月今如故
晦照犧牲恨九泉

二〇一九年七月七日

▌冬青樹

草木因循有枯榮
愚園四季總蔥蘢
尋常卻是多情樹
醒目安神看冬青

二〇一九年七月六日

▌清晨詠

黎明即起不辭勞
弄罷鋤頭弄鐮刀
莫笑木石清風客
天涯綠草勝紅包

二〇一九年七月九日

▋聞《紅包協議》有感

此地無銀六百兩
今人智慧倍古人
愚園夏日清風爽
樹剪夕陽滿地金

二〇一九年七月十日

▋纖竹

愚園有細竹
仲夏尖尖出
窈窕因風動
娉婷帶露珠
孤獨難自立
密切易連株
欲刈心安忍
誰人代我鋤

二〇一九年七月十二日

▋羽毛楓

何方孔雀落愚園
翠羽扶風秀窗前
疑是瀛洲來稀客
因襲楓葉悅人間

二〇一九年七月十三日

▋姬路港觀看軍艦記

霧鎖雲天看戰船
崢嶸未減恨當年
南柯自喜逍遙夢
厲害何須口頭禪

二〇一九年七月十四日

▋細江的黃昏

一彎碧水黃昏暗
兩岸人家古色深
三鼓悠悠敲暮寺
四方杳杳和蟬音

二〇一九年七月十六日

▋船栓

落地生根海岸邊
平庸度日只為船
鋼筋鐵骨無窮勁
任爾風狂浪滔天

二〇一九年七月十五日

▎柿事不如意

仲夏青山時雨頻
歸途小夜大漓淋
園中綽影遮門路
推而複來柿果沈

二〇一九年七月二十日

▎大暑早上看濃雲

閒言果腹是誰人
亞女山中遠世塵
大暑今朝歌蒼狗
黃昏昨日賦紅雲

注：亞女是作者曾用筆名。

二〇一九年七月廿三日晨

▎愚園長夏

知了聲歇鳥聲興
山中長夏幾時寧
愚園避暑如分點
四點清風五青楓

二〇一九年七月二十三日

▎勿須大吉

凌雲壯志戀青山
木友石盟喜良緣
一日浮生何所事
《勿須大吉》集閒言

二〇一九年七月廿三日

▎出梅

出梅氣象煥然新
透徹長空醒眼神
最喜山風清而爽
悠來窗牖蕩青塵

二〇一九年七月廿四日

▎黃昏即景

青山有幸負雲霞
黛墨天成休畫家
遠望憑欄黃昏好
風清氣爽日西斜

二〇一九年七月廿五日

▌網上偶遇靈隱寺

靈隱高名久耳聞
三門未入已驚魂
一生難得都如意
萬事只求半稱心
慈善為懷佛祖旨
公平社會人相親
燒香但願煙火旺
既佑江山既佑民

二〇一九年七月廿六日

▌斷虹

向晚臨窗見斷虹
忽然散去覓無蹤
方愁好景不常在
已化蝴蝶舞海空

二〇一九年七月廿六日

▌觀花火

火樹銀花上夜空
紅光映暖廣寒宮
嫦娥應悔偷靈藥
一念之間奔九重

二〇一九年七月廿七日

▌感時：佳釀

暑氣襲人意下沈
忽來醒腦舊新聞
茅臺更有五糧液
桂冠機場跳大神

二〇一九年七月廿九日

▌題蟬鳴

青山吹鼓手
知了非莫屬
唧唧復唧唧
寄調鴛鴦譜

二〇一九年七月三十一日

▌題〈寒林欲雪〉圖

避暑山中寂寞時
閒翻舊物無所思
《寒林欲雪》清涼處
便有精神上天池

二〇一九年七月三十一日

▌題青森燈籠祭

夜走街頭逐熱風
青森不寐祭燈籠
浴衣小旦山車上
暗送秋波弄簫笙

二〇一九年八月三日

▌寫在八一建軍節

仰望當年綠軍裝
無緣行伍進病房
青絲已老白衣舊
自飲黃昏滿一觴

二〇一九年八月一日

▌贈戰校校友

常憾丹江碧水非
蛤蟆只向貴人肥
暮年最喜同學健
勝似天涯彩雲飛

二〇一九年八月四日

▌西窗含竹

西窗下西陽
返照映竹黃
撲朔光不定
應是西風忙

二〇一九年八月二日

▌姬路看落日

登樓落日黛山尖
百丈紅煙染碧天
祥雲正似神來客
後羿弓張箭上弦

二〇一九年八月四日

▌水墨黃昏

何勞畫伯寫黃昏
妙筆生花在乾坤
向晚登高擡望眼
丹青水墨已消魂

二〇一九年八月五日

▌寫在長崎核爆紀念日

此地年年此日悲
生靈浴火化煙灰
曾經罪孽無主債
朝野不說恨向誰

二〇一九年八月九日

▌題七夕

幽會無須整月明
故爾半輪照天庭
銀河左右矇矓見
織女牛郎暗調情

二〇一九年八月七日夜

▌蒼穹

日下西山上神椽
南描北抹起華軒
登高我欲蒼穹去
夢斷歸來木石邊

二〇一九年八月十日

▌二〇一九年立秋日記

夜半初涼覺立秋
披衣夢斷看織牛
朝來暑氣雖無減
海上雲天已碧幽

二〇一九年八月八日

▌一日一黃昏

日日黃昏束不同
濃描淡抹各娉婷
青山自是多情主
總為夕陽作黛屏

二〇一九年八月十二日

▌黃昏隨想

弄筆長空信比神
瑤池蘸墨畫乾坤
黃昏豈是夕陽盡
化作朝霞染翌晨

二〇一九年八月十二日

▌令和元年十號颱風記

風情萬種往來疾
雨打千番木欲馳
夢裡連綿聞鼓角
朝來又見密雲低

二〇一九年八月十六日

▌暑夜歸來

暑夜歸來客單獨
清享冷氣比屠蘇
生平力盡讀書事
愧對於今上大夫

二〇一九年八月十四日

▌颱風過後的黃昏

就此休焉自不甘
夕陽紫氣上西天
颱風雖是無情物
卻得黃昏豔而鮮

二〇一九年八月十六日

▌中元

平生不信鬼和神
歲歲中元卻斷魂
莫道天涯非故陌
今宵有意敞柴門

二〇一九年八月十五日

▌雨上欄干

雨落欄干濕
晶瑩若露滴
其中藏玉樹
風動便迷離

二〇一九年八月二十日

▎感時 HK

事後孔明非諸葛
江心補漏不英雄
憑欄遠眺風雲處
但愧無勞助半功

二〇一九年八月廿一日

▎處暑日記

濃雲雨霧障海天
暑氣今宵去來年
綠樹愚園微翠老
銀薇盛放帶白煙

二〇一九年八月二十三日

▎秋風

秋風動紫薇
知了共花飛
浪跡天涯路
經年客未歸

二〇一九年八月廿二日

▎清晨拾句

入夢清晨幾度難
烏鴉遠近啼秋山
莫非運命時來轉
老朽無勞順自然

二〇一九年八月二十五日

▎財神爺生日題

君子不愛財
愛財非君子
君子價幾何
世人視敝屣

二〇一九年八月廿三日

▎題新長田夏祭

向晚和風動浴衣
輕搖小扇履木屐
神撫大鼓宣天響
逗得星辰化雨滴

二〇一九年八月廿五日

▌石宴

俱筵紫薇蔭
仙姑久未臨
忽聞柴犬吠
想是呂洞賓

二〇一九年八月廿六日

▌黃昏時雨

日暮急時雨
隔窗看山舞
翡翠冠蒼松
青竹孔雀綠

二〇一九年八月三十日

▌題盂蘭盆節

黃昏蕩漾盂蘭盆
鼓樂婆娑請鬼神
歲歲清秋今日夜
離人多少暗傷魂

二〇一九年八月廿六日

▌夜色

夜半天涯靜而沉
蟬鳴杳杳向辰參
千家遠望明燈火
兩扇愚園隱隱門

二〇一九年八月三十一日

▌感時：上海開市客開市

月色荷塘照自清
高潔傲岸見娉婷
黃江浦水流芳處
寶馬香車助美營

二〇一九年八月廿九日

▌無題

天理不容人理容
親疏愛憎竟分明
生平歷盡人間事
真理原來理不清

二〇一九年九月二日

九月一日進山記

老朽不勞亦不閒
秋來散步進深山
林中滿目蒼苔暗
徑上隨身野草繁
鳥語啾啾聽婉轉
蝶飛款款看翩躚
難言盡付神仙去
古寺敲鐘一二三

二○一九年九月一日

寫在九三紀念日

位卑未敢為國籌
歌舞昇平喜半憂
江湖廟上多阿寶
誰堪小任對陣頭

二○一九年九月三日

失眠夜記

入夢三更醒四更
出廬披露看辰星
從來笑談天人事
知了今宵似有情

二○一九年九月四日

題「定遠艦沈艦遺址確定」

海上波濤晝夜興
幽幽定遠共魚冥
提督夢斷劉公島
謝罪成仁不英雄

二○一九年九月六日

愚園晨記

紫氣東來照誨空
餘光淺露落山中
清香暗度愚園曉
粉黛一支俏百重

二○一九年九月七日

白露日記

白露憶白露
當年霜月酷
清暉野草扶
爽朗芳林渡
知了已伶仃
飛鴻始回故
春秋又一巡
離人未歸路

二○一九年九月八日

▍寫在毛澤東逝世四十三週年日

前不見古人
後不見來者
念天地無涯
愴風塵叵測

二〇一九年九月九日

▍登高望遠

常怨瀛洲無覓處
瓊樓玉宇見黃昏
瑤池碧海神魚泛
萬縷紅霞一派煙

二〇一九年九月十日

▍歸來

歸來望海寬
漫捲雲悠然
知了聲聲裡
紫薇朵朵煙

二〇一九年九月十日

▍殘暑郊外散步

偷閒野外看秋光
海浪何如稻浪香
久違農樵殘念事
江湖路上總瞎忙

二〇一九年九月十一日

▍「英雄」感懷

入手英雄筆
封塵竟開啟
春春未苦勞
老朽無能事

二〇一九年九月十二日

▍晨光

仙境可求不可求
凡塵世界有瀛洲
清晨旭映欄干上
點點瑤池個個幽

二〇一九年九月十三日

▊秋夕

記得東山嶺月明
今夕異客自酩酊
天庭仰望星零落
且將銀薇送九重

二〇一九年九月十三日

▊秋夕的月亮和月餅

經過一個晝夜的奔波
月亮終於來到我的窗前
把月光灑進我的書房

房間中的木桌上
月餅靜靜地接受著月光
散發出來伍仁的清香

我獨立於房間中
在月亮和月餅之間
我沒有選擇月亮

今晚的月亮有太多的鍾情
而我的月餅只鍾情我一人
它來自同一個地球的遠方

二〇一九年九月十四日

▊秋晨除草

清秋氣爽晨
斬草不除根
荒園何必怨
且待來年春

二〇一九年九月十五日

▊寫在敬老日

山中草木春秋老
落葉飄零知了少
不忍朝陽照敝園
揮鐮舞帚迎拂曉

二〇一九年九月十六日

▊紅菇娘

寂寞秋山空
向隅數點紅
遙知不是火
放蕩透玲瓏

二〇一九年九月十七日

九月十八日記

夢裡昨宵彼岸花
今朝望海悵雲峽
常憾無才酬故土
偏逢此日念山家

二〇一九年九月十八日

夜晚舞子海岸題

橋下波光橋上星
秋風海岸看移情
莫道天河仙子渡
穿梭盡是汽車燈

注：舞子海岸有孫中山故居，
曰移情閣。

二〇一九年九月十八日

入彼岸日記

彼岸花無此日開
愚園寂寞客徘徊
天涯浪跡經寒暑
冷暖由他去復來

二〇一九年九月廿日

秋分日記

長風自海上
萬里走行雲
浩蕩舒胸坦
澄明利眼神
婆娑松柏靜
弄舞竹筠頻
夜半莊周夢
清晨入客魂

二〇一九年九月二十三日

工業地帶的黃昏

壯觀與恐怖齊飛
光明與黑暗並存

斷霞與烏雲纏綿
人間與鬼域混淆

鋼鐵的兵器林立
撐起天幕的一隅

多想乘坐諾亞方舟
逃出這個美麗的黃昏

二〇一九年九月廿六日

▌彼岸日黃昏

烏龍布陣日黃昏
赤兔追風任意奔
直欲凌空飛彼岸
瑤臺對酒會先人

二〇一九年九月廿四日

▌寫在烈士紀念日

壯志當先熱血流
迎來身後太平秋
千家萬戶曈曈日
幾柱青煙烈士丘

二〇一九年九月三十日

▌夜晚散步蓮池公園

散步黃昏後
朦朧見影瘦
風輕草枯搖
月暗星光透
通夜送香煙
寺鼓傳沙漏
杳杳蟋蟀幽
穹隆斜北鬥

二〇一九年九月廿八日

▌國慶七十週年感賦

站起前行步步艱
高歌猛進路路難
殘垣斷壁復華廈
地覆天翻湊凱旋
共產不無真道理
公平才有大團圓
攸關生死千秋事
願祈清廉杜盡貪

二〇一九年十月一日

▌彼岸花開九日遲

彼岸花開九日遲
亭亭玉立向藩籬
憑君可有傳天語
寂寞清風動客衣

二〇一九年九月廿九日

▌古寺夜

古寺清秋夜
寒蟬頌樹經
尼僧何處去
默窵伽藍燈

二〇一九年十月一日夜

▌細江黃昏後

僻靜清秋夜細江
陳磚舊瓦看隋唐
神燈暗照陰陽路
確疑幽魂共徜徉

二〇一九年十月二日夜

▌秋晨

舉目長天五彩雲
千端萬縷繡秋晨
愚園草木經霜晚
翠柏蔥蘢俏帶金

二〇一九年十月四日

▌茶園

人生草木中
草木自繁榮
浪跡天涯客
清茶兩袖風

二〇一九年十月六日

▌己亥重陽記

登高望遠欲何求
萬里空冥不勝秋
早上山中頻鳥語
重陽倍感爾啾啾

二〇一九年十月七日

▌己亥寒露日記

雲涯海上催寒露
地角山中始作涼
獨立黃昏人寂寞
愚園未見著秋香

二〇一九年十月八日

▌逛逛街

街頭看景致
不入商家買
飽暖俱知足
何須多累贅

二〇一九年十月九日

▌颱風尾聲記

頓覺黃昏分外靜
原來雨住又風停
沉雲鎮日瀰天處
幾片翠薇見空冥

二〇一九年十月十二日

▌雙十節有感

大廈將傾不可擎
猴孫樹倒各營生
中山遠慮深謀後
陷陣衝鋒賴黃興

二〇一九年十月十日

▌蓮池秋

蓮池滿香蒲
窈窕弱扶風
偶爾聽渾厚
牛蛙念夜經

二〇一九年十月十四日

▌颱風前的黃昏

風聲漸緊雨將臨
日暮橫空掛紅雲
上帝莫非心意轉
不使玄冥苦世塵

二〇一九年十月十一日

▌播州秋祭

激灩秋光照彩幡
神輿竟練動姬山
播州漢子今尤健
醉臥街頭亦當然

二〇一九年十月十四日

▍飾磨中島

斜陽照古色
沐浴獨門舍
陌上步秋塵
渾然忘失得

二〇一九年十月十六日

▍秋園

海上秋風應未冷
山中角落桂香濃
愚園莫道偏郊外
久釀深藏女兒紅

二〇一九年十月十九日

▍殘陽

殘陽如血幕雲天
欲賦黃昏愧語言
應是秋風識我意
窸窣送爽動衣衫

二〇一九年十月十六日

▍秋雨

夜雨隔窗落客塵
清涼正好自溫醇
秋風有意山中過
竹林動靜總安神

二〇一九年十月二十日

▍白濱宮

一年一度喧嘩祭
盡教矜持狂浪去
文化是個好東西
我行我素我有理

二〇一九年十月十八日

▍秋實

柿柿平安不可求
烏鴉嘴上總千秋
躲進小樓成一統
隨它往復自由偷

二〇一九年十月廿二日

▌晚雲

修竹欲掃晚來雲
堆得雲紅暗竹林
不怨黃昏夕照盡
山中正好悅蟬音

二〇一九年十月廿二日

▌霜降

霜降無霜只風涼
庭園柿子見橙黃
五分入室居鄰與
半數留為鳥口糧

二〇一九年十月廿四日霜降

▌清秋

清晨僻野尋秋色
步上石階惜落英
香氣氤氳源底處
因風喜見桂華榮

二〇一九年十月廿三日

▌夜桂花

徹透千層夜幕來
芬芳萬朵彩屏開
若非一樹月宮桂
似放九華在瑤台

二〇一九年十月廿三日夜

▎《大地之子》

他睡得如此香甜
那是他臥在母親的懷抱

那是他的家
那是他家中的家

在那裡
他便無所畏懼

來吧
狂風

來吧
暴雨

來吧
閃電

來吧
雷霆

來吧
飛禽

來吧
走獸

來吧
妖魔

來吧
鬼怪

他無所畏懼
那是他和母親同在

二〇一九年十月廿五日

▌題無題

袖手旁觀天下事
煙雲過目不留痕
風情萬種一幅畫
戲劇人間互古今

二〇一九年十月廿六日

▌過御著站

往事煙消不可追
人非物是本常規
秋風陌上悠幽草
老舍依然照落暉

二〇一九年十月廿七日

▌秋果

秋光最是果熟時
綠瘦紅肥曲樹枝
再而三來天上客
銜將世物去瑤池

二〇一九年十月廿八日

▌秋夜

鄉愁總是莫名之
雪月風花冷暖時
又唱寒蟬秋夜頌
朦朧北斗柄斜西

二〇一九年十月三十日

▌悼首里城

琉球命運幾多劫
守禮城樓再而缺
碧海悠悠空作浪
白雲默默去無邪
一方淨土黃粱夢
百姓犧牲血汗竭
大火沖天誰之過
全能上帝可裁決

二〇一九年十月三十一日

▌黃昏散步拾句

地走花香天走雲
清心利肺亦安神
黃昏散步逢通夜
縷縷青煙送鬼魂

二〇一九年十月三十一日

▌護城河邊

河邊細柳好纏綿
嫋嫋搖煙送紅船
艄公卻是多情漢
故弄清波和三弦

二〇一九年十一月四日

▌酢漿草

眾卉凋零盡
山中寂寞秋
晨光一照處
豔豔見風流

二〇一九年十一月二日

▌題菊花展

舉世無雙不可言
青山之外還青山
群芳各有千秋處
悅目賞心比貂蟬

二〇一九年十一月五日

▌銀的馬車道

古道何從馬跡尋
清秋漫步問倭人
陳磚舊木依然在
老廟鐘聲祭新晨

二〇一九年十一月三日

▌題晨鳥

攫頭見喜在藍天
尤物憑空弄三絃
盡送秋波不送語
風來風去總悠然

二〇一九年十一月六日

▌大馬蹄香

可憐野草著黃花
點綴白屋為客家
僻地愚園秋好處
清香不遜牡丹佳

二〇一九年十一月七日

▌立冬日有感

春花夏雨轉頭空
秋月高懸照立冬
冷暖人間多少事
來來去去總忽忽

二〇一九年十一月八日

▌秋天觀音山

何處秋深問觀音
山風半染丹楓林
櫻花樹卻殷紅透
勝似當春亂繽紛

二〇一九年十一月十日

▌回家

我想回家
在大雪飄揚的夜晚
窗口放出微弱的燈光

敲兩下陳舊的木門
叫一聲，媽
給我開門

二〇一九年十一月十日

▌野草

野草石中生
欣欣總向榮
春風暖煦煦
夏雨拔蔥蔥
秋月巡花照
冬霜掛穗絨
尋常四季過
歲歲樂中庸

二〇一九年十一月十一日

不俗可耐

入夜誰人叩柴門
從天而降福七神
寒家兩昧俗仙半
共濟八賢遠世塵

注：入夜、有人送來七福神雕像．大喜。

二〇一九年十一月十三日

無題

天行不測雲
世事總糾紛
面對風來順
回頭雨覆盆

二〇一九年十一月十四日

秋香

秋色隨風漸次深
天涯落木也繽紛
愚園早上蜂蝶舞
為是東牆野花芬

二〇一九年十一月十五日

好古園秋

紫碎金迷水細波
千斑錦鯉擺裙羅
茅屋岸上飄古韻
樹下誰人唱楚歌

二〇一九年十一月十七日

賞秋

佳秋何處有
好古園清幽
曲徑蒼苔暗
平池錦鯉遊
琴箏出古韻
落葉無聲悠
水轉紅不去
微微解客憂

二〇一九年十一月十七日

題東牆秋藤

寂寞深秋物氣涼
黃昏更覺照斜長
白屋有客徘徊處
喜見紅藤暖東牆

二〇一九年十一月十九日

深秋六甲山

心懷六甲日秋深
壯志今身去世塵
入得山中迷老眼
清流婉轉帶紅雲

二〇一九年十一月二十日

己亥年小雪日記

小雪長天雪不飛
沈沈只作厚雲堆
憑欄遠望誰人是
直欲乘風塞外歸

二〇一九年十一月廿二日

題布引瀑布

名山未必高
瀑布引風騷
壁上清流下
深潭蘊碧宵

二〇一九年十一月二十日

下放五十週年記

年少無知日子難
山中歲月不簡單
出行道路封冰雪
伐木森林累嚴寒
父母獨愁衣米事
師生共力教學園
白駒過隙人生短
總角忽然耳順焉

注：一九六九年十一月，至今
已經十分遙遠了。夜晚醒來，
忽然記起闔家下放之事，整
五十週年矣。遂再難入睡，拙
成短句，聊以自慰。

二〇一九年十一月廿三日

東方欲曉

破曉天翻一頁書
流光溢彩現蘇塗
千家萬戶猶殘夢
點點燈光照路途

二〇一九年十一月廿一日

▎新神戶站前稍息

一望繽紛五色秋
東西景致對溪悠
生田水淺清澈底
水上金波水下樓

二〇一九年十一月廿三日

▎秋晨

南窗紅木西窗竹
入室穿堂曙氣甦
未忘昨宵風雪夢
關山野外坎坷途

二〇一九年十一月廿五日

▎深秋過飾磨古寺

古寺秋深古韻深
黃昏滿貫不聞音
堂前借問三乘事
落葉輕風一縷沉

二〇一九年十一月廿四日

▎寒舍深秋

東戶筠生綠
南窗樹映紅
秋深寒舍暖
任爾西北風

二〇一九年十一月廿六日

▎日暮過明石古城

深秋日暮古城森
老樹高石暗暗門
似水天庭凝目處
白樓危立瞰紅塵

二〇一九年十一月廿五日

▎又遊赤穗城跡

赤穗殘垣斷壁城
秋風野草唱亡興
登臨不為悲今古
但看殷殷老木紅

二〇一九年十一月廿七日

▌阪越古鎮

阪越清幽面海寬
秦人避難古來傳
空門市井木屋老
素樸蒼生少變遷

二〇一九年十一月七日

▌題赤穗溫泉

醉臥銀波看海鷗
舒喉弄舞自風流
窮途末路絕佳地
月照氤氳夜更幽

二〇一九年十一月廿八日

▌愚園殘秋吟

老木喜黃昏
斜陽落紫塵
因風敷錦地
賴鳥傳清音
蒼海涼意送
白屋熱酒熏
何愁秋欲盡
來去兩相賓

二〇一九年十一月三十日

▌虞美人·仿李煜詞

春花秋葉何時了
往事失多少
山間昨夜起涼風
鄉梓依稀飛雪夢林中

冰雕玉砌尋常在
瀟灑當無改
問君今日有何愁
渾欲雲天萬里逐星流

二〇一九年十一月三十日

▌過兵庫運河

波光潋灩日黃昏
水面通天水岸森
百載囂塵何處覓
秋風蕩漾去無音

二〇一九年十二月一日

▌題深秋銀杏樹

莫歎秋林紅葉盡
長風寂寞過枝頭
柔情似水銀杏樹
透徹明黃可解憂

二〇一九年十二月一日

▌秋趣

烏鴉落紫薇
啼罷復雲飛
誰人通鳥語
為我敞心扉

二〇一九年十二月三日

▌關西空港深秋

海市紅雲蜃樓間
蜃樓之外浪高天
高天飛去飛來客
盡是凡人不是仙

二〇一九年十二月三日

▌晚秋山中雨後

山中雨後看晚秋
陰也幽幽晴也幽
風輕薄力修竹靜
葉重憑空紫薇悠
曲徑千般敷錦繡
斜屋幾點掛古軸
天候已露微寒意
慢待今年又盡頭

二〇一九年十二月五日

▌過小火車站

老氣橫秋小站幽
晨光徹透舊門樓
隨風所遇天涯客
幸會山村歲月悠

二〇一九年十二月六日

▌己亥大雪日記

雪訊乘風來
飄搖過海去
瓊花何處飛
北門低垂指

二〇一九年十二月七日大雪

▍悼念中村哲醫生

救死扶傷易出言
難能可貴不須錢
哲醫殉命他鄉路
又為杏林樹典範

二〇一九年十二月七日

▍題樹

有口無言苦或甘
餐風飲露背朝天
修身百載成華蓋
避雨遮蔭塵世間

二〇一九年十二月十日

▍又看神戶燈

夜幕清涼水
燈紅無酒綠
薈薈祈禱何
我祭獨孤月

二〇一九年十二月八日

▍初冬護城河

隱隱西風渡古城
天守閣映水當中
忽來激灩寒雲碎
一葉扁舟蕩晴空

二〇一九年十二月十一日

▍古城初冬

雲行水不行
對影見崢嶸
破碎春秋夢
梢公點槳中

二〇一九年十二月九日

▍傍晚出行記

欲挽夕陽下西山
騰飛而上白雲間
奈何日暮無情去
但喜一輪月東天

二〇一九年十二月十二日

▌夜過陽澄湖

陽澄湖畔古情幽
陌路新添半點躊
夜市吳歌留客意
驅車不住亦無由

二〇一九年十二月十二日

▌遊同里

久耳千年古鎮名
不虛老朽遠來行
小橋流水人家好
最是悠悠日夜燈

二〇一九年十二月十五日

▌題蠡湖

五里湖邊野草黃
沙鷗水上信飛翔
西施范蠡聞名久
今來不見徒仿徨

二〇一九年十二月十四日

▌訪紹興

魯鎮訪先生
先生渺空冥
迢迢問世事
杳杳聽風聲

二〇一九年十二月十六日

▌題大運河

滾滾濁流載巨舟
南來北往不停留
千年大運河邊立
浪跡平生更何愁

二〇一九年十二月十五日

▌題錢塘江

汨汨入海錢塘水
驚滔駭浪總有之
眼下尋常無難事
只因未到起發時

二〇一九年十二月十六日

▌安昌古鎮

古鎮閒悠事事幽
人家臘肉曬春秋
師爺故里風扶柳
烏蓬載酒水天遊

二〇一九年十二月十五日

▌西湖晚晴

殘陽落水滿湖紅
蕩漾輕舟泛晚晴
莫把西湖比西子
沈魚只在傳說中

二〇一九年十二月十七日

▌題八字橋

八字橋下過烏蓬
潺潺蕩漾一千層
九旬老叟涓涓語
唐宋明清五指中

二〇一九年十二月十六日

▌雨中外灘

雲遮霧障雨霏霏
遠望高樓入翠微
故地重來多陌路
江流照舊去不回

二〇一九年十二月十七日

▌題西湖

我到西湖欲提詩
忽然蘇子筆出奇
眼前有景無從賦
夢裡依稀見岳飛

二〇一九年十二月十七日

▌街頭

路上看民生
東西南北風
吃喝拉撒睡
君子小人同

二〇一九年十二月十九日

南園茶社

陳年舊物泛包漿
人有良緣茶有香
細品一壺濃歲月
拾回百載舊時光

二〇一九年十二月廿日

題盤門

端莊俊秀鎮姑蘇
曲水平通陸坦途
北往南來都是客
幾人記得子胥乎

二〇一九年十二月廿一日

題南禪寺

南禪寺裡欲修禪
攘攘熙熙卻為難
底事凡塵嫌寂寞
伽藍帳下獻青煙

二〇一九年十二月廿一日

題虎丘

虎丘山上虎丘塔
虎去無蹤塔自斜
闔閭塚穴征服夢
勾踐薪堆復辟家
秀水縈回波浪細
清山屹立木韶華
冬陽古剎公孫葉
灑灑脫脫滿地花

二〇一九年十二月廿二日

鹽官古鎮

鹽官古鎮錢塘邊
夜枕濤聲晝看煙
碧瓦青磚唐宋韻
風流倜儻幾多緣

二〇一九年十二月廿三日

過清名橋

清名橋下清明水
古運河邊運自亨
萬里飛來何所欲
蘭舟對酒看紅燈

二〇一九年十二月廿四日

▌惠山古鎮

肅穆龍光肅穆天
惠山寺鼓夜流連
清晨夢醒運河側
多少鉤心釣魚船

二〇一九年十二月廿五日

▌觀上海雜技團演出

疊出險象眾生驚
場上絕活幕後功
歷盡千辛和萬苦
不如唱戲有名聲

二〇一九年十二月廿八日

▌雨中多倫路

多倫路裡多文人
只聞其名未見身
披雨前來沾筆氣
淋漓幾位鐵合金

二〇一九年十二月廿六日

▌題小瀛洲

小瀛洲上小逗留
千古風流一旦收
曲盡其悠迴廊妙
鉤心鬥角各個樓

二〇一九年十二月廿八日

▌夜宿復旦賓館

夜幕徐開復旦來
風華正茂木排排
浪跡江湖多少事
徒然老朽鬢毛衰

二〇一九年十二月廿七日

▌臨江仙·殘荷

陣陣秋風西湖水
荷荷敗落雕零
紅花綠葉去無蹤
殘荷餘韻味
寂寞猶娉婷

老來閒悠隨意旅
山河處處崢嶸
難能可貴有親朋
雙飛無彩翼
一點有靈通

二〇一九年十二月廿九日

▌題道頓堀

一河激灔馭紅舟
兩岸高低五色樓
南腔北調人從眾
各有鍾情各有求

二〇一九年十二月三十日

▌過御堂筋

流光溢彩御堂筋
北往南來各色人
欲問君今何所往
過年歸里看鄉親

二〇一九年十二月三十一日

▌紹興索記

一九一九年
魯迅寫道
我到現在終於沒有見——
大約孔乙己的確死了

歲月流逝一百年
我初來紹興
見孔乙己依然活著
他穿著鐵似的長衫
喝著一壺黃酒
就著一碟茴香豆
和兩個頑童，
說著：
多乎哉
不多也

孔乙己的確還活著
大約孔乙己還將活下去
魯迅不死
孔乙己也將不死
我想是的
二〇一九年十二月三十日

▌今年最後的黃昏

今年好景今宵是
海上黃昏弄彩雲
色色形形難有狀
深深淺淺總無均

二〇一九年十二月三十一日

第三集

2020 年木石詩選

▌初詣

扶桑歲始拜神仙
結彩張燈上青煙
眾客搖鈴千百度
誰人卻在數闌干

二〇二〇年一月一日

▌寫在周恩來四四回忌日

創業艱辛守業難
最難莫過色財關
人民所以周公念
一帶清風西花園

二〇二〇年一月八日

▌新年舞子海岸散步詠

岸浪清風海浪光
新年潋灩舊歲同
明石淡路通平路
散步高橋觸太空

二〇二〇年一月三日

▌狂風日來舞子海邊

日暮前來欲步難
排山倒海浪滔天
柔情萬種尋常事
偶爾猖狂舞子灣

二〇二〇年一月八日

▌新年古城散步詠

冬雲不冷古城年
靜穆高樓半入天
落日餘暉沉壁壘
河邊上下鏡相關

二〇二〇年一月三日

▌柳原財神節

氤氳紫氣滿伽藍
福女婆娑悅客顏
人人請得竹枝去
此日來年付與煙

二〇二〇年一月十日

▍啄木鳥

暮色紫薇旁
誰家搗衣聲
疑身今世外
啄木鳥丁丁

二〇二〇年一月十二日

▍過年

日月經天總不歇
人生苦短又多劫
曾經孟浪光陰許
老而無功自覺耶

二〇二〇年一月廿五日春節

▍除夕

守歲從來總枉然
無情歲歲去如煙
除夕遠望空黑月
幾點寒星照愚園

二〇二〇年二月廿四日夜

▍春節

夜雨敲窗入夢鄉
燈籠照雪正飛揚
三十下晚走百病
處處氤氳爆竹香

二〇二〇年一月二十八日

▍守歲贈友人

守歲從來是枉然
除夕歲歲去如煙
家鄉幸有君相助
歲歲平凡卻平安

二〇二〇年二月廿四日夜

▍正月初五

嫩月高懸老樹梢
清暉淡墨夜白描
三更五里鐘聲近
七星九重世塵遙

二〇二〇年一月二十九日

▌黃昏雲積海上口占

雲橫海上壓黃昏
莽莽蒼穹半月輪
眼下千家明燈火
心中百感送瘟神

二○二○年一月三十一日

▌二○二○年二月二日記

永晝濃雲障海天
黃昏倍感白屋寒
山中歲月風塵遠
似水流年任自然

二○二○年二月二日

▌詠梅

瘦骨瘦花不瘦香
清高雅緻冠群芳
尋常巷陌尋常見
既耐寒風又耐霜

二○二○年二月三日

▌詠梅（二）

不待春風和煦吹
枝頭蓓蕾放紅微
梅花最是多情物
冷酷時節慰布衣

二○二○年二月三日

▌詠梅（三）

料峭春寒遠未衰
輕裝上陣瘦梅來
登臨不為肥主客
率領一山百卉開

二○二○年二月五日

▌詠梅（四）

賞梅何須上梅園
城郊不遠正花繁
縱無百樹眾人集
燦爛孤株咲春寒

二○二○年二月七日

▌元宵節

元宵夜宵宴元宵
皓月晴空掛樹梢
雪戶冰窗當年是
黃燈火炕夢難消

二〇二〇年二月八日

▌元宵節贈友人

元宵燈下吃元宵
皓月臨空掛樹梢
雪戶冰窗當年是
情深未忘鵬飛高

註：友人名高鵬飛。
二〇二〇年二月八日

▌元宵節（二）

清寒最是元宵夜
旅客天涯倚欄干
望月孤輪竹端掛
經風影動畫愚園

二〇二〇年二月九日

▌疫情中感懷

自古人寰患難多
神明祈禱奈如何
科學進步驚天曲
社會文明動地歌
冷靜沉著鯨弄海
驚慌所措雁鳧河
坐地巡天八萬里
循環系統幾千波

二〇二〇年二月十日

▌題武漢庚子初春

春寒本自然
過後群芳妍
荊楚風流地
何愁不月圓

二〇二〇年二月十五日

▌初春雨中漫步

久未開心怯冷風
勿來興致雨中行
紅白兩樹梅花落
漫點青黃野草坪

二〇二〇年二月十六日

▌題三閒屋主人之攝影：
　　黃昏胡楊

浴血精靈鐵鳳凰
千姿百態祭玄黃
一機在手三閒主
不二胡楊駐夕陽

二〇二〇年二月十八日

▌二月初二晨記

清晨青草上青霜
旭下迷離點點光
莫怨春寒猶未了
風塵萬物漸回陽

二〇二〇年二月二十四日

▌春芽

輕寒恰好動身腰
翠鳥時來唱新朝
且看山中蕭瑟處
春芽已在樹枝梢

二〇二〇年二月廿七日

▌有兒童在通夜處玩耍題

追足戲鬧在靈台
幼稚無知莫視哀
命運風塵生死路
一人一去一塵埃

二〇二〇年三月一日

▌三月三

三月三風有似無
櫻桃蓓蕾露紅蘇
嚴寒料已山中盡
早上愚園啼鷓鴣

二〇二〇年三月三日

▌聞京都神社祈願息災而賦

杳杳佛音繞宇梁
平安祈願浮屠忙
欲將疫病還天外
故上青煙滿殿堂

二〇二〇年三月三日

▌春雨晨

細雨愚園曲徑濕
晨曦潤色樹迷離
櫻桃小嘴三分咲
更有珍洙掛滿枝

二〇二〇年三月四日

▌驚蟄日記

塞外雪飄飄
扶桑雨瀟瀟
本是同天物
各領各風騷

二〇二〇年三月五日

▌春晨雨

夢醒春晨雨
櫻桃蓓蕾開
隔窗知香重
為有鳥飛來

二〇二〇年三月十日晨

▌雨中喜見油桃樹死而復活

春花夏果幾回紅
一朝患難百枝空
悵望愚園孤寂處
瀟瀟雨裡復萌榮

二〇二〇年三月十日

▌題櫻桃花

二月春寒過樹梢
徒搖左右見蕭條
唯有櫻桃花放早
清香淡色韻妖嬈

二〇二〇年三月十三日

▌夜見繡線菊開花

繡線菊開照夜白
誤識錯季雪飛來
近前始覺香凝重
自笑愚人耳目衰

二〇二〇年三月十四日

▌春宵散步

春宵北門向東懸
點滅依稀彼界寒
市井歸來竹影動
七星伴我入愚園

二〇二〇年三月十八日

▌三月初二

風和日麗好登山
幾樹櫻花半數嫣
古寺與僧塵世語
低頭合掌上青煙

二〇二〇年三月廿五日

▌春分

彼岸春情煥然新
山中歲月感猶深
茶花昨夜櫻桃嘴
滿面今朝透紅雲

二〇二〇年三月廿日

▌二〇二〇年上巳節記

上巳溪邊野草青
櫻花樹下少人行
繁華似錦今年日
冷落觀光怨疫情

二〇二〇年三月廿六日

▌和宋延文《戲題小照》

壯志雲端問九天
雄心妙手寫深淵
笑看長白千載雪
三閒屋主是山巔

二〇二〇年三月廿三日

▌散步有感

草木欣欣雨霏霏
晨中散步見花緋
一年又是春光艷
但願瘟神地獄回

二〇二〇年三月廿六日

▌庚子年三月初六

本是花開燦爛時
清寒漫捲暗雲飛
千層海浪堆白雪
一朵桃開放蕊絲
午夜難圓楊柳夢
中天每見渡鴻馳
空冥渺渺星河路
寄語憑風去瑤池

二○二○年三月廿九日

▌天淨沙 · 春日郊外散步

石牆古木誰家
青苔碧草櫻花
野鳥爭春上下
雲空走馬
江湖人望天涯

二○二○年三月三十日

▌偶興

平分春色綠與紅
各領風騷各自榮
彼此不為僕或主
同享日月順亡興

二○二○年四月一日

▌賞花偶遇

病樹前頭萬木春
紅花爛漫喚游人
你方看罷我登場
爾看花形吾重神

二○二○年四月三日

▌清明夜

清明月上半輪孤
徹照愚園荒而蕪
舉杯欲問天庭事
隱隱徒聞夜動竹

二○二○年四月四日

▌游須磨寺

木石之上一木石
暗影明花落舊衣
古寺從來難盡興
鐘聲有意撞相思

註：滿開的櫻花樹下有一尊木
化石，我在其上也。

二〇二〇年四月五日

▌清明訪月見山寺

月見山前海面寬
山花映得浪花殷
清明入寺逢僧侶
卻道山門不幸言

註：有和尚圓寂。

二〇二〇年四月五日

▌清明斷想

清明清早去清山
青草青苗上青煙
少小無知老大事
當年掃墓悅春天

二〇二〇年四月五日

▌題某男

粉夢隨雲散
紅花逐水流
誰家男子漢
樹下得千秋

註：偶見一男子漢在河沿櫻花
樹下安然入睡。

二〇二〇年四月五日

▌題妙法寺川一櫻花

嫦娥寂寞蟾宮苦
幾日凡塵偷小住
春風得意正當時
妙法川邊蠻腰舞

二〇二〇年四月五日

▍題河邊櫻花

村城無處不櫻花
卻愛河堤斜樹椏
落雁沉魚浮水女
一年一度浣紅紗

二〇二〇年四月八日

▍櫻花與寵物

尋常院落花開艷
直若白雲或紫煙
誰家寵物隔牆探
又恐主人甩一鞭

二〇二〇年四月十日

▍題須磨寺堂谷池

春風碧水蕩柔情
妝點殘荷會落櫻
古寺鐘聲催日暮
斜陽送客傍青香

二〇二〇年四月八日

▍偶遇花供養碑

少看紅樓笑葬花
林中玉帶枉嗟呀
今來古寺幽靜處
寂寞香塚落夕斜

二〇二〇年四月十日

▍題洞天

日暮山中看客稀
清風自在往來徐
鳥語一聲長啼處
回頭喜有洞天奇

二〇二〇年四月九日

▍題賞花人

綠衣帶水賞花人
咸口無言但入魂
有景於心常持久
何愁眼下落繽紛

二〇二〇年四月十一日

▌神龜

神龜寶殿前
背有幾文錢
欲買櫻花壽
誰人上柱煙

二〇二〇年四月十二日

▌賞花

莫笑東施女
林中臥木石
無憂花去也
盡興咸亨矣

註：櫻花樹下盡興咸亨老酒。
二〇二〇年四月十二日

▌樹樁

斷頭而去意如何
沐雨櫛風歷琢磨
留得根須深入土
勤與大地好切磋

二〇二〇年四月十二日

▌風雨愚園

風雨催春亦摧春
催來摧去綠成蔭
想必山中風雨後
尋常草木俱欣欣

二〇二〇年四月十三日

▌落花流水

落花應有意
流水似無情
花開年一度
水流總不停

二〇二〇年四月十四日

▌雨中看花

細雨微風帶紫煙
溪邊散步入足難
貌似蝴蝶迷望眼
櫻花滿地水積潭

二〇二〇年四月十三日

看花見烏鴉

雨住風停夕陽斜
溪邊樹下滿櫻花
烏鴉兩羽遙相啼
誰知禍福落誰家

二〇二〇年四月十四日

空中聞天雞

曉入林中弄草青
忽聞石破震天聲
抬頭見得扶搖鶴
引頸高歌對太空

二〇二〇年四月十六日

墳墓櫻花

墳塋日暮暗浮煙
晚照殘櫻花欲燃
古寺悠悠傳鼓韻
扶桑有客數欄干

二〇二〇年四月十五日

憶關東

蒼山無墨千秋畫
瑞雪有情萬頁詩
我欲因之夢莽莽
風寒滿載走爬犁

二〇二〇年四月十七日

綠肥紅瘦

綠肥紅瘦有人愁
我卻高歌上酒樓
舉目蒽蘢無限處
欣欣碧草枕溪流

二〇二〇年四月十六日

清晨夢魚記

細浪微波綠水潭
青春作伴喜留連
忽然錦鯉蜂擁至
夢斷一輪曉月殘

二〇二〇年四月十七日

夜色櫻花

夜下櫻花靜而幽
貂蟬退色玉環愁
無聲最是多情處
點點相思慢慢悠

二〇二〇年四月十七日夜

封城

我本山林客
封城無寂寞
修竹總掃窗
野鳥時鳴側
日暮寫黃昏
清晨聽管瑟
衣食暖飽足
靜待疫情過

二〇二〇年四月十八日

夜半鐘聲

上帝從來遠九天
忽然夜半草席前
空冥不是無一物
量子糾纏總沒完

二〇二〇年四月十八日

減字木蘭花・黃昏

夕陽西下
萬尺紅綢江上撒
捲起東風
弄皺平波影朦朧

春愁幾度
夢斷天涯無意數
獨倚黃昏
社鼓輕輕勾闌沉

二〇二〇年四月廿一日

山茶花

自肅出行避病毒
排憂解難有屠蘇
微醺乘興來林下
一剪山茶掛玉竹

二〇二〇年四月廿日

▌夕陽好

縱有千年鐵門檻
終難避免疫來襲
夕陽卻是殷勤客
日日消毒照藩籬

二〇二〇年四月廿二日

▌歸途

古運河橋落晚霞
青波作伴好還家
口有遮攔歌不得
風流但恨疫情發

二〇二〇年四月廿一日

▌梅子

梅子有韻早發生
不待群芳各興隆
碧水藍天獨自秀
春寒料峭亦從容

二〇二〇年四月廿二日

▌鴨戲水

春花逐水清波艷
醉色貪香有野鴨
日暮風涼猶自在
天涯倦客念歸家

二〇二〇年四月廿五日

▌天路

渺渺茫茫天路遠
飄飄裊裊不復返
人間至此共一同
有意櫻花無情艷

註：路過通夜守靈處，櫻花正
艷，有感而發。

二〇二〇年四月廿三日

▌斜陽

岸上櫻花水下紅
蒼苔壁壘綠絨絨
夕陽好意欄干照
老木一株亮眼睛

二〇二〇年四月廿五日

紅花和黃草

老草枯黃力盡衰
鮮花怒放暖香來
新陳代謝無窮已
豈為興亡落淚哉

二〇二〇年四月廿五

石楠樹

雨後櫻花滿玉階
隨風上下舞蝴蝶
殷紅最是石楠樹
不入群芳卻特別

二〇二〇年四月廿五日

葫蘆

葫蘆,高高地掛在鐵網
去年形成它的老地方

葉子全無,只有一根
乾枯的蔓,岌岌可危地繫著

它沒有光澤,也沒有色彩
擁有的只是一個夢

它在春天裡做春天的夢
雖然,那是一去不復返

然而它慶幸著,沒有
成為一個精緻的酒壺

二〇二〇年四月廿七日

山中

何曾料想避山中
只為疫患總無寧
束髮一尋非老道
拈花半日是常情
暮鼓催更屈指數
晨鐘報曉促神經
烏梅漬酒農夫趣
自飲自斟自酩酊

二○二○年四月廿八日

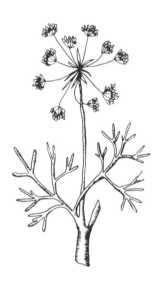

雨蛙

和天老爺的小舅子
一別當有五十年
它依舊是青蔥墨綠
像一方靈動的翡翠
我曾經以為它是
青梗峰下的使者
今晨，再會在愚園
一株滿身綠葉的桃樹
我在樹下
它在樹上
我說，你去彼界
訴說風塵的劫難
一會兒
它便不見了

二○二○年四月二十九日

題四照花

四照花開夜照白
嫦娥閱色下凡來
清香不似尋常氣
應是吳剛傾酒杯

二○二○年四月三十日

▌題四照花（二）

似花非花勝似花
繽紛五彩若雲霞
先發半月迎春早
遲送芬芳入夏華

二〇二〇年五月一日

▌入山

山中半日游
忽嶺又忽溝
險徑連蒼翠
石階入谷幽
逢僧聞世故
遇蒔樂田疇
大樹殘雲掃
長天更碧悠

二〇二〇年五月二日

▌刺魚吟

寂寞春山避疫餘
操刀料理幾匹魚
人間總有殺生事
弱肉強食上帝知

二〇二〇年五月四日

▌無題有意

櫻桃樹下品櫻桃
野鳥登枝迅速逃
我本無心春壟斷
愚園爾汝任逍遙

二〇二〇年五月五日

▌春庭

櫻桃月季共春庭
花鮮果艷比娉婷
山中自有山中樂
遠去浮華近性情

二〇二〇年五月六日

▌鏡中花

常恨春歸無覓處
黃昏寂寞綠蔭沉
山前路盡回頭望
卻見芬芳鏡裡殷

註：道路旁的反光鏡。

二〇二〇年五月六日

▍陰歷四月十五日記

衛塞清光暗漢河
山中肅靜樹婆娑
欲問佛陀溫疫事
前因後果竟如何

二〇二〇年五月七日

▍常福寺

草木幽深野鳥吟
不聞話語不聞琴
紅塵只在山門外
卻是尋常少進人

二〇二〇年五月十日

▍向暖

立夏猶存暮春宵
輕寒偶爾冷新苗
朝來且喜陽光暖
一度一時向上高

二〇二〇年五月七日

▍母親節訪古寺

古寺黃昏古木森
斜陽不照進香人
鳴鐘欲請神仙顧
好與天堂送福音

二〇二〇年五月十日

▍良辰

春宵一刻值千金
冷熱均衡最紅塵
勸君莫把良辰誤
世界從來不等人

二〇二〇年五月八日

▍五月十日記

憶來溫度何
冷熱自琢磨
帽山陰嶺下
布爾哈通河

註：此日，故土的氣溫是十一度。

二〇二〇年五月十日

▌初夏夜空

北鬥高懸掛鬥檐
登樓欲攬不勝難
清風無心竹有意
掃過浮雲掃闌干

二〇二〇年五月十四日

▌散步見石階上開花

頑石造就古台階
散步黃昏踏影斜
欲上一級陡峭處
新花兩朵照舊靴

二〇二〇年五月十四日

▌壁上野草題

立地艱難亦翠微
從容雨打又風吹
居高臨下何所欲
笑看紅塵去而歸

二〇二〇年五月十六日

▌康有為小像

有為莫須有
無德確不無
招遙天下客
好個風流徒

二〇二〇年五月十六日

▌白夜

天公底事弄機關
徹夜白空海上邊
非晴非陰亦非雨
霧裡山中入夢難

二〇二〇年五月十七日

▌四葉草

妙法寺川水潺潺
蔥蘢岸上小留連
俯視如雲三葉草
姍姍幸運近眼前

註：據説在三葉草叢中有十萬分
之一的四葉草，得之有好運。

二〇二〇年五月十九日

採筍記

晨風爽而舒
玉露掛新竹
布穀鳥聲婉
茵陳草氣浮
於心生隱惻
不忍揮鐮鋤
黃昏燈火寂
煮筍對屠蘇

二〇二〇年五月二十六日

立葡萄架記

夏日葡萄放肆生
一天蔓比一天蓬
因繁就簡從來事
老物新途架子工

註：廢物利用。

二〇二〇年五月二十六日

夏夜

北門南垂月半虧
蓮池玉露泛清暉
無眠有客天涯夜
卻怨劃空啼子規

二〇二〇年五月三十日

夏日愚園

紫薇樹下紫陽花
烏桕枝頭啼烏鴉
夏日愚園幽而雅
清風醉客忘天涯

二〇二〇年六月六日

山中日子

退而休之欲何為
拈花弄草是無非
紅塵不遠青山外
坐看風流去又回

二〇二〇年六月八日

好樹

蓮池生好樹
玉立有風度
四季不凋零
百年猶自負
婆娑悅客心
泰定宜鳥宿
碧綠著無花
群芳華蓋護

二〇二〇年六月九日

早晨大雨

大雨瀟瀟霧茫茫
空勞遠望太平洋
淋漓草木山中曉
夢裡依稀在洛陽

二〇二〇年六月十二日

細雨青楓

青楓帶雨崇光生
夏日山中靜而寧
歲月輕悠偏僻地
沉香一柱送九重

二〇二〇年六月十二日

梅雨愚園

梅雨太平洋上生
淅淅瀝瀝總無晴
山中草木千層綠
幾朵紅花慰旅情

二〇二〇年六月十四日

題晨雀

雀躍歡呼破曉晴
晨風蕩漾送回聲
解釋紅塵多少憾
悠揚婉轉用心聽

二〇二〇年六月十五日

花徑

飛花不逐水
落徑幽圖繪
早上猶韶華
黃昏則沉墜
風吹總陸離
雨打忽零碎
嬗變應無常
千秋復萬歲

二〇二〇年六月十六日

題綠丘

朝陽照綠丘
靄靄頓時收
野鳥啾啾語
清風慢慢流
光合樹葉動
社鼓世塵悠
遠客江湖怨
三思一點幽

二〇二〇年六月十七日

漬烏梅酒題

自產烏梅漬綠醅
青竹好作帝王杯
愚園草木深情主
待客殷殷是翠微

二〇二〇年六月二十日

大樹

寫在父親節日

一樹生成兩丈高
櫛風沐雨不妖嬈
尋常巷陌尋常在
任爾紅塵左右飄

二〇二〇年六月廿一日

海空遠眺

莫道瀛洲不可求
君須視野海空悠
雲蒸霧繞霞飛處
已作仙山瓊閣樓

二〇二〇年六月十九日

題斜陽

西陽返照東山坡
樹樹流光鳥唱歌
瘟疫橫行何所慮
烏梅小酒盡情喝

二〇二〇年六月二十二日

▌青山吟

塵世難逢開口笑
面無表情有口罩
君何不作客青山
鳥語花香分外俏

二〇二〇年六月二十三日

▌仙人掌和刀郎

仙人掌上著仙花
蕊比瓊瑤瓣比紗
有幸登臨香帳地
刀郎從此不天涯

二〇二〇年六月廿四日

▌愚園早晨

山中有境界
旭日照分明
修竹嫵媚處
不入彼園庭

二〇二〇年六月廿三日

▌題艾蒿

陌上尋常野草蒿
偏逢端午大名高
登堂入室青衫客
健體安神比疫苗

二〇二〇年六月廿五日

▌題紅雲

天生一個仙人洞
無限風光在其中
亂渡飛雲渾不定
黃昏海上看朦朧

二〇二〇年六月廿三日

▌憶江南

曾端午
霧籠北青郊
玉露初零瑩百草
蛐歌遼繞綠艾蒿
歸看粽煙飄

二〇二〇年六月廿五日

日暮轉晴

高竹勁掃浮雲去
石破天驚現翠微
杜宇黃昏催遠客
山中興盡疫難歸

二〇二〇年六月廿六日

夏雨愚園

雨打愚園竹葉青
風扶老朽醉翁亭
遠世絕塵吾良夜
孤燈細品女兒紅

二〇二〇年六月三十日

感時：頂替上大學

孔孟之鄉恐夢頻
大學頂替世無聞
離經叛道誰知恥
己所不欲專予人

二〇二〇年六月廿七日

中國共產黨九十九年記

內憂外患日艱難
百戰曾經唱凱旋
自淨方能天下淨
海可行船亦葬船

二〇二〇年七月一日

海港散步

雲接海浪繞船樓
水色天光互映酬
北往南來多少客
歸期未得疫情候

二〇二〇年六月廿八日

感時：香港

乾涉內政事其極
法律出台治港時
神洲自古多魔難
亂世當前念潤芝

二〇二〇年七月三日

▌彩雲飛

聞雞起舞我無能
曉看南天赤色龍
鳳翥鸞回何足道
一息萬變領風情

二〇二〇年七月五日

▌題宋延文圖《玩火新豐》

莫道不消魂
黃昏見火人
天梯憑借力
轉眼已青雲

二〇二〇年七月六日

▌二〇年七月七日記

曉月如鈎照盧溝
一朝夢斷百年愁
強食弱肉從來事
勝者為王敗者囚

二〇二〇年七月七日

▌雨夜

大雨傾盆入夜深
朦朧輾轉雪山林
舉步艱難前不得
掙扎夢醒見清晨

二〇二〇年七月八日

▌題仙桃

仙桃生地上
沐雨長精神
山中未必酷
貴在遠風塵

二〇二〇年七月十日

▌題玉鳥

玲瓏白玉鳥
本在瑤台居
但戀凡塵樹
愚園築邸宅

二〇二〇年七月十日

▌小柿子

瑪瑙何足俏
藩茄紅透妙
摘食卻可惜
留作燈籠照

二〇二〇年七月十日

▌大雨出行不能

大地起白煙
長天落水簾
出行量不得
木舍弄三絃

二〇二〇年七月十四日

▌黃金柏

老樹出新枝
蔥蘢翠欲滴
霏霏連日雨
水墨畫神奇

二〇二〇年七月十日

▌雨後黃昏

雨住斜陽照乾坤
長風漫捲九華雲
山中唯怨江湖遠
把酒臨窗念故人

二〇二〇年七月十四日

▌水晶鳥

籠中關羽翠鳥悲
彩翼徒生難張飛
留以備用期運轉
養精蓄銳做烏龜

二〇二〇年七月十三日

▌晚雲

誰舞紅綢現海天
脫脫灑灑自超然
山中望遠江湖客
任爾清風亂短衫

二〇二〇年七月十五日

▌題蟬鳴

暑氣襲人委靡時
清幽呂律起青枝
無情有意誰知了
早晚隔窗總嘰嘰

二〇二〇年七月十六日

▌大暑吟

大暑清晨弄剪刀
多餘剪去杪千條
愚園樹樹多知了
了了知知抗議高

二〇二〇年七月廿二日

▌散步所見有感

欲借神靈去疫情
經旗無力捲西風
人間萬象真奇妙
是是非非道不明

二〇二〇年七月十九日

▌夏日叢竹

萬箭齊發綠翠微
瘦竹長夏勢頭肥
蟬鳴了了出深處
樹表殷殷繫落暉

二〇二〇年七月廿三日

▌入伏吟

避暑山中意氣沉
無心有耳入蟲吟
窗前影暗風來動
不是松枝即是筠

二〇二〇年七月廿日

▌天淨沙·夜雨

雷霆電閃風狂
暗山白舍青光
夜雨翻騰孟浪
聽知了唱
曉竹搖送清涼

二〇二〇年七月廿五日

悟空

信手窗前取景空
薄雲運作幾鉛層
忽然客串多情物
窈窕娉婷小精靈

二〇二〇年七月廿六日

感時：平安經

位尊竟敢忘國情
鬼寫平安神唱經
自古風騷真君子
而今多少孔方兄

二〇二〇年七月三十日

雨後公園

公園新雨後
散步閒人稀
偶爾一聲鳥
提神順氣息

二〇二〇年七月廿六日

清掃台階

黎明即起掃台階
備作飛花落腳歌
歲月無痕山有路
清香伴我度餘劫

二〇二〇年八月一日

夜雨紫薇

夜雨催花落玉階
晨香蕩漾氣和諧
山中歲月誰人管
百日紅梢自在斜

註：紫薇樹又稱百日紅。
二〇二〇年七月廿九日

海上餘暉

落日餘暉上海空
浮雲盡染化騰龍
山中避暑愁無事
但祈蟬鳴引涼風

二〇二〇年八月一日

▋ 題花梨

垂青但可惜
中看不中吃
待到秋風起
玲瓏勝眾梨

二〇二〇年八月二日

▋ 知了和聲

誰知知了意
早晚作和聲
青山不寂寞
客領無眠情

二〇二〇年八月四日

▋ 題欅樹

欅樹生清風
巍峨立扇形
濃蔭遮夏日
葉茂隱蟬鳴

二〇二〇年八月二日

▋ 自哂

清晨知了聲
入夢作蛙鳴
覺醒自一哂
隔窗老柏青

二〇二〇年八月四日

▋ 題李登輝

一去出身千古迷
主張難免使人疑
認賊作父當非是
葬送民國步好棋

二〇二〇年七月三十一日

▋ 青藤

青蔥布壁壘
盛暑生涼意
雨打又風吹
堅石共一體

二〇二〇年八月五日

柏樹

老柏蒞黃昏
蒼然貫乾坤
冥冥知了頌
短調復長音

二〇二〇年八月五日

秋消息

正是蟬吟苦夏時
風來感覺過清絲
物極必反乾坤事
慢待秋光上樹枝

二〇二〇年八月七日

寫在廣島核爆 75 週年日

早上親朋晚上敵
一利當前萬事虛
曾經彈火今安在
廣島人從麥卡錫

二〇二〇年八月六日

立秋隨想

黃歷今天是立秋
文人筆下便清幽
孰知虎猛猶秋後
熱在三伏曬死牛

二〇二〇年八月七日

散步清晨

綠草平敷野徑彎
晨曦蕩漾忘暑天
由來已久瘟情故
口罩相逢不見顏

二〇二〇年八月六日

役所感疫情

逢人眼裡送秋波
口有遮欄苦訴說
願借秋風落葉力
瘟神頓掃去閻羅

二〇二〇年八月十日

▌暮雲

暮色蒼茫看海空
堆珠砌璧起瑤宮
欲問天人瘟疫事
風中耳語是蟬鳴

二〇二〇年八月十一日

▌鯨雲

渺渺茫茫海上空
青雲紫氣頓成形
張牙舞爪渾不見
大度悠游抹香鯨

二〇二〇年八月十四日

▌早上街頭

早起非因掙飯錢
晨光秀色任君餐
江湖浪跡尋常事
陌路前途望眼寬

二〇二〇年八十三日

▌終戰七十五年記

世界何曾有太平
東西冷熱總紛爭
七十五載猶一瞬
已在重新論輸贏

二〇二〇年八月十五日

▌蛟龍戲珠

青龍海上戲紅珠
萬里長天信自如
正是黃昏梅雨後
憑欄遠望酌一壺

二〇二〇年八月十二日

▌日暮

清風滿袖青山居
坐看斜陽染樹衣
波光瀲灩深深處
報暮蟬鳴陣陣疾

二〇二〇年八月十六日

▎庚子酷暑

感受清風竟成奢
初陽乍上炙江河
山中遠望白天下
瀨戶全失海浪波

二○二○年八月十八日

▎蟬

不請自來賓
隔窗弄噪吟
應言戀愛苦
我卻無關心

二○二○年八月二十日

▎愚園旱情

久旱愚園草木蔫
紫薇無力落花殷
蟬鳴陣陣緣何狀
半是姻緣半盡緣

二○二○年八月十八日

▎日暮雲紅

鋪天蓋地錦綾羅
應是瑤池降素娥
日暮山中聞鳥語
誰知不是唱仙歌

二○二○年八月二十日

▎雲端

日照紫薇生紫煙
紫煙飄渺向雲端
雲端應有孫行者
行者悟空笑塵寰

二○二○年八月十九日

▎竹筠

誰人弄影亂窗櫺
古語新文念不成
抬頭見得竹筠動
有意相邀敘舊情

二○二○年八月二十一日

沒有神事的盂蘭盆節

古寺尋常保太平
瘟神作患治無能
盂蘭盆日息香火
社木幽深有蟬鳴

二〇二〇年八月廿日

庚子七夕

林下度七夕
星辰照影只
清風動鬢髮
杳杳蟬聲稀

二〇二〇年八月二十五日

感時：無題

賀電何足奇
弓克更太極
丘柯不話下
馬列比肩齊
人人都愛美
處處有溜須
長白神聖域
淨水只天池

二〇二〇年八月二十二日

風景

最好的風景
並不在遠方
她在我的身旁
那是我的西窗

那是柔竹
那是勁松
那是斜陽
那是古老的木櫺窗

二〇二〇八月二十六日

五行中人

放眼三界內
置身五行中
喜思悲恐怒
暑濕燥寒風

二〇二〇年八月二十三日

▊花火

火樹昇天怒放花
輝煌燦爛爐韶華
報與上帝凡塵疫
但使瘟神去老家

二〇二〇年八月二十九日

▊贈安倍

人生禍福總難知
見好則收是悟時
二度梅開一樣謝
賴有腸炎作口實

二〇二〇年八月二十八日

▊清晨口占

朝陽落紫薇
古寺鐘聲迴
簾捲馨香透
纏綿共玉杯

二〇二〇年八月三十日

▊傍晚

太陽欲入夢鄉
大海是她的溫床
她孕育了海霞
海面泛起著紅浪

太陽欲入夢鄉
青山作她的新郎
她誕生了黃昏
大地沉入了安祥

二〇二〇年九月一日

▊庚子中元記

月下愚園靜而黮
婆娑樹動影迷離
家書寫就無從寄
一柱青煙送太虛

二〇二〇年九月二日

▌庚子中元記又

孤魂野鬼登宅日
我有塵音賴爾傳
浪跡江湖千萬里
一心未忘九泉邊

二〇二〇年九月二日

▌久旱逢甘霖

驟雨襲來喜若狂
青山翠柏泛崇光
久旱甘霖誰所賜
中元恰好鬼還鄉

二〇二〇年九月二日

▌抗戰勝利七十五年記

切齒當誅蔣總裁
琉球收復痛失機
為君不為民族計
苟苟營營弄政局

二〇二〇年九月三日

▌南窗即景

故弄風騷再而三
紅雲誘我南窗前
揮之不去何無奈
口占黃昏當禮還

二〇二〇年九月四日

▌南窗月

皓月掛南窗
清暉洩木床
無眠應有恨
世事不尋常

二〇二〇年九月五日

▌讓暴風雨來得更猛烈

海神氣勢洶洶來
列島如臨大禍哉
戰勝天災人類夢
今謀減損命和財

二〇二〇年九月五日

▋白薇

早上清香入夢鄉
秋光瀲灧粟收忙
一聲杜宇窗前啼
兩朵白薇正鬥芳

二〇二〇年九月六日

▋清晨

東山樹杪斷雲霞
錦鯉清池戲落花
蕩蕩悠悠渾不定
須臾赤兔奔天涯

二〇二〇年九月八日

▋庚子白露

露從今夜白
氣象無塵埃
舉酒邀明月
憑風寄旅懷
江湖千萬里
友愛兩三衰
寂靜鐘聲遠
孤心照鏡台

二〇二〇年九月七日

▋毛澤東逝世四十四
　週年記

內憂外患正當時
問計尋謀念潤之
諸葛隆中尋常亮
千秋不滅一布衣

二〇二〇年九月九日

▋教師節聞索賄有感

為師有道自尊嚴
半點無德百害殘
清高本是杏壇主
夫子於今只認錢

二〇二〇年九月十日

▋颱風口占

晝夜狂風暴雨襲
摧竹撼木動山居
愚園我自津津看
謝爾塵埃盡掃之

二〇二〇年九月七日

▌91119 記

強權政治樹敵多
放火州官最美國
不義常行終作斃
功德罪孽未來説

二〇二〇年九月十一日

▌月色

颱風捲去紫薇花
灑灑瀟瀟向天涯
我謂無情應有意
清宵月照滿枝華

二〇二〇年九月十五日

▌老生常談

夜看星辰晝看書
初心未忘用何途
老朽無才空自娛
晨鐘暮鼓就屠蘇

二〇二〇年九月十二日

▌秋陣

濃雲作畫海天空
片片青青片片紅
匠意弗如天地意
秋風布陣暮蒼穹

二〇二〇年九月十七日

▌題凌煙閣

凌煙閣上英名士
各有千秋各有志
同床異夢是誰人
武獸文禽皆而已

二〇二〇年九月十三日

▌題張漢卿

名冠學良行不良
青樓舞場惹群芳
千秋社稷難容最
拱手河山讓扶桑

二〇二〇年九月十八日

▌入彼岸日

又見花開彼岸時
天堂地獄有消息
人間已被瘟疫累
願借清香不染疾

二〇二〇年九月十九日

▌火燒雲

萬紫千紅日暮天
謳歌卻愧語乏言
我欲因之傳筆夢
神功鬼斧畫雲煙

二〇二〇年九月廿三日

▌西陽

登高欲止日西沉
奮臂難及五彩雲
落入夕山情不願
殘陽朱墨染乾坤

二〇二〇年九月二十一日

▌老嫗釣魚題

雲淡風輕大海邊
布衣老嫗釣垂閒
旁觀不見漁竿起
笑謂憑緣太公賢

二〇二〇年九月廿三日

▌秋分

秋分入古寺
寂寞有禪音
焉知和尚語
草木各新陳

二〇二〇年九月廿二日

▌秋雨修竹

夢醒秋晨怨雨稠
臨窗幸有綠竹幽
玲瓏剔透枝枝玉
曼舞婀娜葉葉悠

二〇二〇年九月廿五日

和食

料理一出戲
裝腔又作勢
中看不中吃
形同貢上帝

二〇二〇年九月廿六日

木艮

利爪頑強入地深
黃泉取水育青林
生平不得出頭日
劫後陽光照樹墩

註：木艮者根也。

二〇二〇年九月三十日

夜

月亮時無有
街燈總照明
廣寒多寂寞
世界少安寧
桂兔何曾死
風塵不長生
中宵暗萬籟
一杯酹太清

二〇二〇年九月廿八日

庚子年八月十五記

十五皓月照十一
國念平安家念齊
夢裡乾坤依舊是
杯中物後話瑤池

二〇二〇年十月一日

曼陀羅華

荒蕪不是人間過
冷落秋園野草香
又見花開來彼岸
娉婷卻叫客離殤

二〇二〇年九月三十日

又題彼岸花

彼岸花開此岸紅
時空彼此本不通
一年一度秋風渡
但願清香彼此同

二〇二〇年十月三日

望黃昏

金駒海上走黃昏
趕月追星踩紫雲
莫道瀛洲難得覓
心寬眼闊自脫塵

二〇二〇年十月四日

贊航拍天池

天池可比瑤池好
不養神仙養眾生
借得名師高著眼
長白聖水看空冥

二〇二〇年十月七日

遇稻田吟

幸遇城中水稻田
豐收在望綠黃間
艱難未悔農家事
過隙白駒五十年

二〇二〇年十月五日

醉歸

酒過歸來夜已深
躊躇滿志數星辰
因知北鬥西天墜
故入秋山仔細尋

二〇二〇年十月五日

題契橋

高橋欲抵天
俯瞰怯深淵
險處風光好
躊躇步向前

二〇二〇年十月五日

庚子寒露

秋深寒露至
客久失書魚
故里應霜重
當年促厚衣

二〇二〇年十月八日

▌寒露雨

瀟瀟寒露雨
湍湍去流急
但憾人長久
天涯不得歸

二〇二〇年十月八日

▌纖草清晨

纖纖碧草遠連天
蕩蕩秋風杳杳煙
雀躍殷勤常悅目
青香偶爾入鼻端

二〇二〇年十月十一日

▌題小松通邸

秋風舊舍洞開門
老氣氤氳幾寸塵
在此曾經非是客
從今再見易主人

二〇二〇年十月十一日

▌四葉草又

四葉欣欣草
無獨有偶來
功成大事業
且乾手中杯

二〇二〇年十月十二日

▌題花梨又

颱風過後步蓮池
野草叢中睡花梨
因憐宿命何孤寂
故予山屋玉液滋

二〇二〇年十月十一日

▌秋光花影

秋光送客入山屋
放肆橫行視主無
且待黃昏燈火上
清風把酒伴餘乎

二〇二〇年十月十三日

▌散步秋晨

微微陌上光
杳杳送清香
古調晨鐘裡
佳人念未央

二〇二〇年十月十三日

▌海天夜詠

酒後朦朧辨海天
星光誤斷打漁船
無窮碧綠疑清夢
確似濤聲在枕邊

二〇二〇年十月十六日

▌夜宿淡路島

醉臥波頭夢不成
披風夜半數繁星
迷離撲朔總不定
卻怨忽悠海上燈

二〇二〇年十月十五日

▌破曉

夜幕深深障海天
他鄉淺淺夢難圓
何方神氏來神矢
一線明光在眼前

二〇二〇年十月十九日

▌紅雲

美景良辰何處是
秋來海上看黎明
天公匠意誰人比
漫展紅圖掛太清

二〇二〇年十月十六日

▌再題四葉草

常逢四葉草
氣運則蓬蒿
若得唐僧肉
無償喂野貓

二〇二〇年十月廿日

題桂花

公園九里香
散步去愁腸
老朽清秋弱
風吹落葉揚

二〇二〇年十月廿日

秋色

南國秋色晚
欲覓入山巒
悵望蔥蘢處
玲瓏掛柿端

二〇二〇年十月廿二日

海上一日

日日庸庸欲世脫
秋風海上踏清波
逍遙而遇新淡路
酒已深深夜自酌

二〇二〇年十月廿一日

秋樹

遲遲秋色未
日暮出山居
角落一烏桕
繽紛五彩衣

二〇二〇年十月二十三日

森山一日游

山中客久居
更向森林去
邂逅有苔蘚
尋常是草綠
娉婷木翠微
委婉鳥輕語
返景鋪歸途
清涼秋氣始

二〇二〇年十月廿二日

庚子霜降

霜降雨連天
朦朧海上煙
山河坏土念
布爾哈通邊

註：故鄉有布爾哈通河。

二〇二〇年十月廿三日

夜散步過靈堂有感

人生苦短又苦長
各有心胸各有腸
空冥不是無一物
量子糾纏向遠方

二〇二〇年十月廿三日夜

庚子重陽記

登高望遠欲何求
不為長生不為候
異客天涯來已久
年年此日念同儔

二〇二〇年十月廿五日

悼四葉草

幸運人間草使然
奇靈四葉比神仙
朱鉢盛得純陽水
我未凋零彼已殘

二〇二〇年十月廿四日

大谷黃昏

大谷黃昏望海空
紅雲點點上庭松
有感天人不棄意
一壺老酒祭晚晴

二〇二〇年十月廿六日

題石上花

生命誠可貴
石上著鮮花
何愁秋氣重
紅顏分外佳

二〇二〇年十月廿五日

晚霞

知己紅顏不了情
臨窗探望既忽忽
何須過問名與姓
廣而告之暮碧空

二〇二〇年十月廿六日

▎朝霞吟

水墨潑天誰所為
丹青萬里作雲堆
我欲因之關外夢
秋光潋灩落葉飛

二〇二〇年十月廿九日

▎朱陳

朱陳本是同舟人
共濟無邪對世塵
計較斤斤何所得
家庭事業兩沉淪

二〇二〇年十月廿八日

▎卜算子·紅葉

曉入觀音山
幾葉殷紅瘦
寂寞叢林弱撫風
搖曳清光透

燦爛不輸梅
猶比梅期久
蕭瑟山風漫捲時
窈窕飛天就

二〇二〇年十月三十一日

▎病中吟

老骨強支瘦弱軀
跛行痛感路多餘
秋風未冷人先冷
欲飲清醇不勝杯

二〇二〇年十一月一日

▌名無氏

名無門戶有
見怪不足奇
巷陌尋常處
扶桑見點滴

註：路遇一戶人家，姓氏為：
名無。

二〇二〇年十一月一日

▌秋來神戶港

波光澂灧海風柔
遠望紅橋使人愁
青領當年乘浪去
無心再次上埠頭

二〇二〇年十一月三日

▌題某烏桕樹

一樹先紅先入秋
應知秋後亦先愁
風吹葉落從紅始
何必急於早出頭

二〇二〇年十一月四日

▌平分秋色

野草秋來玉樹同
風騷各領自然中
萬物生涯長或短
均享四季是天公

二〇二〇年十一月四日

▌秋心

巍巍港塔微微浪
浪漫雲天港塔上
上海紅舟載客愁
愁深萬里空鄉望

二〇二〇年十一月三日

▌感時：荒唐累

一江秋水向東流
欲洗沉痾不勝愁
人生若被荒唐累
恰似聰明恆河猴

二〇二〇年十一月七日

▌庚子立冬記

秋色未深已立冬
細雨山中不冷風
去歲今年何所異
天涯滯在怨疫情

二〇二〇年十一月七日

▌夜訪白鷺城

古堡從來故事多
今宵潛入欲如何
牛頭馬面無形見
打鼓敲鑼舞妓歌

二〇二〇年十一月八日

▌天氣

雲天變化總無時
萬朵紅霞一瞬失
路上行人何所怨
綢繆未雨而安居

二〇二〇年十一月五日

▌天人合一

高高在彼竟如何
自古賢明費琢磨
眼下青煙一柱去
人間天上共劫波

二〇二〇年十一月十日

▌吟殘荷

秋風送客市郊來
雨畝殘荷一目衰
窈窕韶華何處去
殷實纍纍土中埋

二〇二〇年十一月九日

▌天洞

日感深秋冷落人
黃昏寂靜酒相親
忽然洞闢雲天幕
萬縷清光照老林

二〇二〇年十一月十日

▌篩䃺沿海綠地秋

邂逅秋林碧海濱
森嚴壁壘障滔音
千枝萬葉殷紅亂
曲徑通幽鳥啼深

二〇二〇年十一月十日

▌天淨沙・秋色人家

搖枝落葉飛鴉
白墻青瓦誰家
有客清秋意馬
疫情當下
奈如何駐天涯

二〇二〇年十一月十一日

▌庚子十月初一記

浪跡扶桑暑復寒
餘心愧對地和天
深秋已是風塵冷
欲寄綾綢去九泉

二〇二〇年十一月十五日

▌市井深秋

市井秋深景亦深
繽紛落葉看紅塵
無家有命龍鍾嫗
沐浴清風侍帝晨

註：清晨見一流浪老婦睡於路
旁樹下長椅，有感。

二〇二〇年十一月十五日

▌古寺尋秋

漫步尋秋古寺逢
林傳鳥語殿傳經
與僧欲問瘟神事
落木無音滿地紅

二〇二〇年十一月十六日

▌路遇妙法寺川紅葉

黃昏老眼總曚曚
路上溪流誤認龍
註目凝神猶自笑
原來岸樹葉秋紅

二〇二〇年十一月十八日

白鷺城秋色

秋光瀲灩攪城河
白鷺悠然助細波
岸上雲霞紅似火
千姬又見舞綾羅

二〇二〇年十一月十六日

天書

日月寫天書
誰人可解讀
因時而變化
往復窮已無

註：指紅葉落在石碑的影子。

二〇二〇年十一月廿一日

秋訪須磨寺

黃紅綠紫須磨寺
又是秋深爛漫時
暮鼓輕悠催落葉
餘音杳杳有清笛

註：東洋歷史上著名的美男
子、笛手平敦盛葬於此。

二〇二〇年十一月十八日

庚子小雪記

小雪入殘秋
清涼落葉悠
塞外當年冷
蕭蕭滿地愁

二〇二〇年十一月廿二日

秋夜雨晨記

徹夜風吹落葉多
朝來巷陌看綾羅
拾階而上憐足下
有礙天成罪過何

二〇二〇年十一月廿日

過湊川而作

眾鳥偏逢我過飛
清溪上下盡紅微
櫻花莫道春獨好
葉照秋波客忘歸

二〇二〇年十一月廿二日

▌秋池

池邊秋色好
映水雲天悠
落葉浮紅動
原來錦鯉游

二〇二〇年十一月廿二日

▌藏王溫泉

夜入溫泉看雪琛
凌晨北鬥落氤氳
空冥邂逅瑤池客
玉立亭亭是樺林

二〇二〇年十一月廿四日

▌樹墩

年輪早已不再增加
而歲月從未停止

風玩弄了韶華
雨雕刻著滄桑

見證了多少人間的隱私
那才是最真實的嘴臉

請坐吧
我願承受過客的苦難

二〇二〇年十一月廿三日

▌題銀山溫泉

琉璜氣味滿銀山
兩岸隔溪竟白煙
越嶺翻山何所欲
微熏酒後下溫泉

二〇二〇年十一月廿四日

▌高倉溫泉題

醉入溫泉錦鯉來
揮之不去總徘徊
清身但憾無食餌
弄水微波碎月白

二〇二〇年十一月廿四日

▍角館

角館秋深古色深
殘紅倒是韻純真
武士不知何處去
參天大樹自森森

二〇二〇年十一月廿五日

▍裏盤山湖畔勝地

星辰蕩漾美肌泉
五色林中一派煙
明月清風不用買
回腸蕩氣忘銅錢

二〇二〇年十一月廿五日

▍中尊寺

月見坡來天見難
千年檜柏冠雲端
談經論道無和尚
卻有清鐘伴青煙

二〇二〇年十一月廿四日

▍題松島

峰迴路轉繞溪行
頓覺空濛海市興
斗膽投身飄渺處
已然松島久聞名

二〇二〇年十一月廿六日

▍題五色沼

一汪綠水五色山
細雨輕風好岫嵐
紅白錦鯉逍遙派
慢慢悠悠最自然

二〇二〇年十一月廿八日

▍訪若松城

落葉披身訪鶴城
古木蒼苔訴若松
白墻赤瓦重新在
戰地犧牲不得生

二〇二〇年十一月廿九日

▋大內宿行

察山觀色賞秋行
恍入桃源竟不明
茅屋老舍如隔世
古樸村婦笑臉迎

二〇二〇年十一月廿九日

▋園通寺

賞秋必到園通寺
假水枯山若有神
妙在石流曲不盡
波浮落葉靜聽音

二〇二〇年十一月三十日

▋登臨飾磨海濱大橋

江流婉轉入海寬
試上高橋覽玉淵
借問乘風興浪者
歪船此去幾時還

二〇二〇年十二月一日

▋六甲山秋行

欲望殘秋六甲行
側峯橫嶺正通紅
且喜一池青澈水
浮雲落葉盡其中

二〇二〇年十二月二日

▋秋晨即景

老葉經秋久
枝頭獨自秀
晨曦照曉新
古寺鐘依舊

二〇二〇年十二月四日

▋六甲山秋行（二）

六甲嵐接瀨戶潮
折峽幾度落白濤
紅霞偏愛深秋暗
轉路回峰掛楓梢

二〇二〇年十二月五日

庚子大雪懷遠

延吉日暮蒼山遠
龍井天寒白屋貧
敦化柴門聞犬吠
汪清風雪夜歸人

註：延吉、龍井、敦化、汪清皆
作者生活過的、故鄉的地名。

二〇二〇年十二月七日大雪

過客

一旦坐上這趟列車
乘客便是身不由己

列車掌控了前行的
方向和時間

車窗外的風景轉瞬即逝
與目擊者毫無關係

乘客的影子不過是輪廓
自己認不清自己

駛到了下車的時刻
乘客依然身不由己

列車仍將前行
已與下車者毫無關係

所有的乘客不過是
一段行程的～～～

過客

二〇二〇年十二月九日凌晨

工業地帶的早晨

青煙遠上白雲間
萬里長空不見藍
莫怨秋風吹無力
凡塵世界霧霾天

二〇二〇年十二月九日

秋夜楓葉

萬籟無音夜有燈
秋風暗動樹零丁
紅顏不為凡塵悅
冷落飛揚去太冥

二〇二〇年十二月十日

註連繩

薰稈註連繩
其中宿神明
願祈出真法
坦然祛疫情

二〇二〇年十二月十一日

電車中有感

擦肩而過
不是相逢
沒有再見

走各自的路
去各自的方向
相安無事

二〇二〇年十二月

愚園殘秋色

眾木蕭條物候沉
丹楓本性耐秋深
白屋幸有猩紅照
日暮清風不冷人

二〇二〇年十二月十二日

初冬斫木

弄斧初冬向紫薇
來春量可倍榮期
無勞有病江湖客
又憶寒山雪橇馳

二〇二〇年十二月十二日

▍初冬妙諦寺

無痕歲月又神歸
古寺間來暮色微
不見僧人說妙諦
冬楓樹下做紅堆

二○二○年十二月十四日

▍姬路港日暮

港上沉雲壓浪飛
黃昏載客島船回
今宵落日明朝起
且待晴空看翠微

二○二○年十二月十五日

▍題日出

浮雲點綴日出紅
透徹光芒放射明
天若有情天亦老
風風雨雨後來晴

二○二○年十二月十七日

▍冬雲

海上雲天壓城池
樓台欲倒力難支
我有青山與翠柏
狂風暴雨共休戚

二○二○年十二月十七日

▍聞東洋傳統建築工匠技術登錄世界遺產有感

無形有物見真工
細刻精雕不放鬆
今人應愧公輸子
手上弗如口上功

二○二○年十二月十八日

▍出行

揮手小別山
偷閒大海邊
冬風憑借力
闊步白雲巔

二○二○年十二月二十日

▎黎明

黎明夢醒淚濕腮
父母龍鍾兩鬢哀
知汝遠來應有意
天機禁律未言哀

二○二○年十二月二十日

▎題指宿溫泉

冬風送客九州南
地主相邀在海灘
指宿溫泉人道好
活埋倒可延天年

註：指砂蒸溫泉。

二○二○年十二月二十日

▎指宿砂蒸溫泉

入土為安自古然
活埋今日怨無言
誰知健骨松筋又
再向青天借兩年

二○二○年十二月二十一日

▎霧島神宮溫泉

更深夜靜入神宮
未見龍王老太翁
水上氤氳瀰漫處
七星照我正玲瓏

二○二○年十二月二十二日

▎玉手箱溫泉

開聞岳下有溫泉
玉手輕推海浪尖
浦島太郎今在否
箱中寶藏幾多錢

二○二○年十二月二十二日

▎池田湖邊

鹿兒島上池田湖
日暮開聞岳立獨
霜月一無霜色見
黃花萬點水邊舒

註：東洋的霜月是指農曆十一月。

二○二○年十二月二十三日

▌櫻島

濃煙滾滾眼前飛
海上巍巍千仞堆
萬里不虛來櫻島
雙肩滿載火山灰

二〇二〇年十二月二十四日

▌梣志田黑酢題

尋常米酢亦精工
幾度春秋漸次成
人間恰似甕中物
醞釀方能味道濃

二〇二〇年十二月二十四日

▌金山藏行

木石金礦尋金計
尋到盡頭是木石
自欺其人猶自哂
歸來賣命買羹食

二〇二〇年十二月二十二日

▌城山公園記

城山頂上樹遮天
氣勢磅礡古巨杉
最是風光櫻島望
飄飄渺渺火噴煙

二〇二〇年十二月二十五日

▌湯足館

清池委婉是溫泉
旅客足湯不要錢
借問商家何所欲
弗須遠慮便無言

二〇二〇年十二月二十四日

▌聖誕節有感

聖誕何須我美言
文明各自不乏賢
隨幫唱影應無罪
作浪興風利潤嫌

二〇二〇年十二月二十五日

▌題開聞岳

俊秀端莊屹海端
俯瞰鹿兒島變遷
砲火連天多少戰
西鄉斷首在城山

註：西鄉隆盛在鹿兒島城山斷頭。

二〇二〇年十二月二十五日

▌古城燈會

千燈萬盞照古城
天守閣白暗夜空
眾裡尋她千百度
佳人卻在月明中

註：佳人指歷史上姬路城的千姬。

二〇二〇年十二月二十八日

▌年末有感

苟且浮生暑復寒
愚圍寂寞疫安全
山中有幸無遮口
耳目常新鳥或蟬

二〇二〇年十二月二十七日

▌古寺夜

古寺月高懸
僧人或已眠
不聞般若誦
只見夜燈殘

二〇二〇年十二月二十九日

▌古城駐足

冬風落木盡蕭條
寒水清清籠暮宵
古往今來多少客
出出進進各逍遙

二〇二〇年十二月二十七日

▌庚子除夕記

除夕那計明年事
卻憶曾經幼稚時
上下山鄉不算酷
乾坤日月總如期
一心二意天涯路
百曲千回谷底溪
所幸親朋猶俱健
愚園慰我木石餘

二〇二〇年十二月三十一日

第四集

2021 年木石詩選

▌新年即景

新年朗照舊月晴
淡路元夕海浪平
萬點星光非是夢
一灣漁火已歸寧
鷗飛掠影氤氳亂
客入天泉脈絡行
去歲今宵何所異
九九歸一永不停

二〇二一年一月一日

▌海邊

龍王饋我新年禮
開闢鴻蒙世物稀
浪跡天涯千萬載
非金非玉木石一

注：新年在海邊散步拾一頑石，
乃木化石。

二〇二一年一月一日

▌海灘

未想沙灘駐履蹤
新年海岸步從容
回頭浪捲白花去
印象全無只有風

二〇二一年一月一日

▌觀雪

「大雪」降南瀛
扶風著地輕
焉知不是霜
細看六瓣星

注：此地雪很少，即便是大雪
也不過如此。

二〇二一年一月二日

▌風情

天同地不同
異域異風情
旁觀看景色
好壞難說清

二〇二一年一月三日

感時：婚

人間不是尋常物
豈可金錢論短長
男婚女嫁情緣事
買賣成交兩俱傷

二〇二一年一月五日

無題

盲人騎瞎馬
夜半臨深池
池深猜幾許
壁上觀不知

二〇二一年一月九日

周恩來四十五回忌

恩來處事貴於周
盡瘁鞠躬上下酬
最是黎民懷念者
清官一代秉千秋

二〇二一年一月八日

修籬斷想

打理新籬送舊年
黃昏小雪冷愚園
曾經塞北寒山斧
幾度遷移落誰邊

二〇二一年一月九日

歸途遇雪

訪市歸來遇雪飄
山中冷落頓時消
流螢點滅松陰下
偶爾乘風上竹梢

二〇二一年一月八日

雪國

如席大雪平峽谷
舉目難識草木屋
誰人滯在途中旅
進退無能有洞窟

二〇二一年一月十日

▌冬雲

海上有精靈
須臾變幻中
天生地化者
借力憑冬風

二〇二一年一月十一日

▌觀火

燈明作火亮
彼岸太平洋
門前自掃雪
莫管他家霜

二〇二一年一月十六日

▌日暮

夕陽無限好
只是已黃昏
但願黃昏後
皎皎上月輪

二〇二一年一月十一日

▌疫情週年記

最小微生物易狂
風塵世界自飛揚
河清海晏回頭看
褒貶分明也荒唐

二〇二一年一月十七日

▌入臘月斷想

陌上輕寒草上霜
清晨臘月小回陽
當年塞外冰三尺
雪裡林中作業忙

二〇二一年一月十三日

▌口罩

病從口入
禍從口出
口罩罩口
病禍皆無

二〇二一年一月十八日

代孕有感

重利輕德誤國深
油頭粉面好作人
金銀本位風塵界
買得靈魂賣得身

二〇二一年一月十九日

武漢封城一週年有感

一從大地起風雷
便有微生物組胚
億萬斯年常嬗變
隨機幾度世塵飛

二〇二一年一月二十三日

拜登登場記

戒備森嚴上拜登
煙花徹夜照白宮
中南海裡風光好
掉以輕心誤太平

二〇二一年一月二十日

蓮淨寺

刻鳳雕龍若有神
冬陽古寺淨凡塵
旁觀殿上佛陀事
不祈長生不祈銀

二〇二一年一月廿五日

冬雨吟

細雨輕風未覺寒
愚園臘月鳥留連
人間久被瘟神累
地遠心偏木石閒

二〇二一年一月二十二日

外出歸來

日暮歸來樹暗蔭
擡頭喜有月華輪
白屋已舊遮風雨
自去由來勝貴賓

二〇二一年一月廿五日夜

▎淡路島賞臘月滿月

微醺卻忘仙人遠
舉手相邀共入池
意外衿持應不語
松風暗動海波白

二〇二一年一月廿八日

▎洲本之夜

窗籠松雲軒籠泉
沙鷗掠浪海接天
逍遙夢裡飛白雪
復入氤氳月正圓

二〇二一年一月二十九日

▎節分有感

去歲瘟君訪世塵
經年疫事總浮沈
節分復又驅魔鬼
信以為真有幾人

二〇二一年二月二日

▎立春吟

未覺寒消已立春
山中草木懶腰伸
梅花卻自從容笑
粉口輕開半抿唇

二〇二一年二月三日

▎小年

輕寒臘月二十三
早上黃鶯啼不閒
未待春風楊柳暖
先香冷蕊綻窗前

二〇二一年二月四日

▎巴木玉布木

本性難移最母親
心思只在女兒身
休說部落山高遠
草木春暉抵萬金

二〇二一年二月五日

飾磨日暮

黃昏布紫煙
日掛西天圓
古寺鐘聲遠
清悠帶嫩寒

二〇二一年二月七日

打油

無奇不有紅塵事
自賞孤芳尚可原
待物接人須好酒
斟酌品味月中天

二〇二一年二月九日

順口溜

泄瀉平安運味濃
羊頭狗肉亦爭鳴
屈原溺去風騷老
袖手旁觀莫賈情

二〇二一年二月九日

除夕

除夕信步遇佛僧
禮畢合十問疫情
善哉善哉應無語
兩耳徒聞過堂風

二〇二一年二月十一日

長田晚晴

立地山中看晚晴
層雲斷處透天青
高樓易得回光照
暗暗黃昏片片明

二〇二一年二月八日

辛丑年春節懷遠

久違年關在故鄉
終宵客感冷參商
一杯老酒三分醉
往事於心又徜徉

二〇二一年二月十二日

▍大年初一即景

尋春問暖過山家
案內無言卻有佳
淡寫輕描眉眼秀
清香暗動是梅花

二○二一年二月十二日

▍拜拜《牛年》即景

你牛他牛我不牛
黃昏老叟自悠悠
牛牛嫩草如何好
萬里江山歲月憂

二○二一年二月十五日

▍新春探梅

新春古寺不聞音
遠見白牆抹赤雲
枝搖鳥動春風葱
老眼方知是梅君

二○二一年二月十三日

▍登男山記

躊躇滿志上男山
姬路城高眼下邊
八幡宮後簫聲古
得意梅花老叟閒

二○二一年二月十四日

▍挽楊在葆

不乏硬漢演柔情
貴在人生幕外清
物欲橫流朝野事
潔身自好是英雄

二○二一年二月十四日

▍過灘菊酒行

光陰逝去不留痕
感覺浮生已老人
正月街頭逢酒釀
灘菊久違二十春

二○二一年二月十三日

▌聞彩禮談有感

紅塵都曉金錢好
巧取豪奪名目妙
自古清高有幾人
當今君子何從找

二〇二一年二月十六日

▌初六晨雪

新春風雪打愚園
遠看茫茫近看煙
草木扶搖忽左右
寒英冷蕊共翩翩

二〇二一年二月十七日

▌新春風大作

一日高風掃盡雲
長天碧水曜星辰
星辰謂我瑤台冷
欲借花火暖乾坤

二〇二一年二月十七日

▌太陽鏡

把太陽鏡還給太陽
太陽將會看到

和平
平淡
淡定

一切都是那麼美好

二〇二一年二月十七日

在人日子想到的

在進入牛年後的第七天
我們迎來了一個整天的
人日子

不但牛年如此
虎兔龍蛇馬羊猴雞狗豬鼠
在所有十二個動物年中
我們都有一天這個特權

不知道
這是上帝對人類的優待
還是人類對自身的寬容

人生一百年
我們可以享受一百個人日子
真是不少

但是，在人日子裡
我們要吃七種草的粥
以此與其他動物的平等

是的
特權是要有所限制的
二〇二一年二月十八日

君休笑

赤水清流釀醖醇
茅台醉客幾多紳
杜康地下當欣慰
坐上青雲我後塵
二〇二一年二月二十二日

訪本德寺

隱隱簫聲靜靜花
梅開正月訪佛家
君來底處和尚問
客乃蓬蒿走天涯
二〇二一年二月二十二日

山寺梅花

山家煙火少，
靜好不營商。
隨君信仰否，
境內暗清香。
二〇二一年二月二十二日

▌賞油菜花

春風送我到田家
陌下黃花樹上鴉
莫羨城中多富賈
悠然自得是金華

二〇二一年二月二十三日

▌家島一日

得意春風送客船
須臾真浦碧波灣
蔥蘢峻峭城山上
俯瞰漁舟彩雲間

二〇二一年二月二十四日

▌題家島古寺

勾心鬥角宇軒昂
不是航燈照海洋
浪打風吹佛已古
憑空保佑島民康

二〇二一年二月二十五日

▌題壓歲錢

一切向錢看
新生易腐爛
最恐後來人
不幹白不幹

二〇二一年二月二十五日

▌辛丑年元宵記

細雨濛濛日月矇
山中草木各枯榮
元宵不再當年夜
卻憶寒屋雪照明

二〇二一年二月二十六日

▌感時：師道

為師有道有尊嚴
教育功成萬古賢
富貴榮華身外物
衣足飯飽何必貪

二〇二一年二月二十八日

▌登白鳥城

白鳥欲飛竟不飛
青山頂上玉巢堆
朝陽沐浴精神好
暮色披身夢境催
碧海蒼茫雲作浪
芳林茂密木翠微
登臨送目心胸闊
勝似黃昏把酒杯

二〇二一年三月一日

▌櫻桃花開

離別四五日歸來
翠鳥枝頭唱不衰
自喜生靈知客到
原來櫻桃花已開

二〇二一年三月四日

▌辛丑驚蟄日記

梅花落盡櫻桃開
山舍應時窈窕來
何愁雨水連天冷
大地驚蟄快綠哉

二〇二一年三月五日

▌無題

本是同根生
相逢何太遲

我想知道
你曾經過目的
真、善、美
還有
假、醜、惡

我想讀懂
你瞳孔中深藏的
喜、怒、哀、樂
還有
希望、失望、絕望

讓我們道聲再見
也許是
一百年、一千年、一萬年後
在那個
無限廣大的空間

也許那就是一個黑洞
但那其中
一定是
無限的光明

二〇二一年三月五日

祝福三八節

欲向三八祝美詞
忽聞彩禮又升值
捉襟見肘如何好
轉世為人田力妻

二〇二一年三月八日

東北大地震十週年記

地動山搖海嘯狂
生靈性命幾多亡
天隨人意談何易
水漫紅塵毀廟堂

二〇二一年三月十一日

新鄰

僻老山屋入新鄰
清幽靜夜女歌聞
相逢陌上敷衍好
從此再無半點音

二〇二一年三月九日

春雷

滾滾轟鳴夜夢中
朦朧錯覺馬奔騰
空冥電閃穿堂過
競是春雷第一聲

二〇二一年三月十五日

春花

正是春寒料峭時
群芳保守看無姿
花開兩朵巖石上
照徹清涼暖可期

二〇二一年三月十日

二月初二記

撞起龍頭斷豬頭
豬們地下淚應流
吃糠咽菜成俎肉
喚雨呼風總千秋

辛丑年二月初二

▌登五色塚古墳

五色山腰大土堆
憑欄望海浪花飛
古墓新修成勝境
登臨足下不知誰

注：五色塚古墳中的主人至今
未明。

二〇二一年三月十四日

▌路遇早春櫻花

古巷幽深古寺森
早春二月少行人
微風送客清香杳
驀見紅櫻壁上雲

二〇二一年三月十五日

▌魚舟傍晚

二月斜陽鋪水中
川邊景物鏡相成
沙鷗信意逍遙過
夢斷漣漪老釣翁

二〇二一年三月十六日

▌篩磨

我從古老的街頭走過
陳舊的門窗釋放著
新鮮的風和光

我看到其中的人
正如走馬燈

人們的腳步
踩出清晰的印跡
帶起一縷一縷的灰塵
有既將誕生和
已經誕生的新生兒
伴之而來的有血液和
他們嘹亮的啼哭聲
還有行將逝去和
已經逝去的人
以及為他們送行的
淚流和悲傷

我突然有所省悟
我正行走在四維空間
過去
現在
未來
都在我的身邊
我仿佛看到未來的人

在對於我評頭品足
說
這也是一個
走馬燈

二〇二一年三月十六日

▌白鳥台町

青山好意駐紅塵
谷轉峰回避近村
白鳥台邊白鳥堡
登臨望遠憶崑崙

二〇二一年三月十八日

▌春分訪綾部山

其一

不是佛山是梅山
春分悅目已闌珊
橫斜疏影猶香在
杳杳鐘聲底處傳

其二

悠然自得是天鵝
不去瑤池住野澤
綾部山春花作浪
鴛鴦錦鯉勝王婆

二〇二一年三月二十日

▌老梅

駕霧騰雲各色龍
傳說自古隱真形
春山信步驚訝我
舞爪張牙化梅中

二〇二一年三月二十二日

▌新舞子小駐足

舉目浮雲稠
輕聽浪語悠
渺小遙家島
沙灘誤看牛

注：遠看是頭牛，近看是石頭。

二〇二一年三月二十日

▌春晨記

寂寞蓮池久違之
晨來窈窕滿櫻枝
娉婷一樹多花色
恰似人間變臉師

注：此地有一株櫻花樹，花的
色彩並不相同，比較少見。

二〇二一年三月二十五日

▌晨霧瀰漫記

大霧瀰天意欲何
山花幸運裹紗羅
尋常弊病都不見
只剩朦朧冷素娥

二〇二一年三月二十六日

▋題觀音山老櫻花樹

老樹新花亦可憐
枝折幹斷命猶殘
前頭歲月由他去
且在當春盡自然

二〇二一年三月二十七日

▋妙法寺川花見記

夾溪對岸盡櫻花
粉黛如雲映晚霞
散步猶憐香滿地
一肩兩瓣帶回家

二〇二一年三月三十日

▋夜雨櫻花

帶雨櫻花夜滯香
深沈冷靜客徜徉
繁華爛漫雖然好
爾雅清幽更入腸

二〇二一年三月二十八日

▋題某株櫻花

捏捏扭扭小蠻腰
不去青樓去河梢
窈窕何愁紅塵妒
東風逐水總逍遙

二〇二一年三月三十一日

▋辛丑年姬路城花見記

日照青波白鷺飛
浮雲錦鯉自來回
櫻花亦是多情物
釋放清香入玉杯

二〇二一年三月廿九日

▋夜過宇治川駐足看櫻花

岸下溪黑岸上白
清香作伴夜徘徊
瀟湘館主今安在
逐水櫻花月色埋

二〇二一年三月三十一日夜

四月一日清晨即景

紫氣東來醒世塵
蕓蕓眾生抖精神
櫻花最是娉婷物
粉黛天成漢宮人

二〇二一年四月一日

清晨尋青記

小小家山上竹尖
晨來採取綠廚前
莫道白屋偏僻地
當歌對酒比神仙

二〇二一年四月八日

辛丑清明訪常福寺

清晨聞布谷
古寺鐘聲幽
寂寞山花落
誰知路客惆

二〇二一年四月四日

清晨斷柏記

斧鋸當年運自如
今朝小試愧讀書
青絲皓髮南柯夢
老朽忽然憫柏枯

二〇二一年四月九日

神戶港散步見船栓

這個傢夥
從不張揚

低頭
折腰
固足

力量自來
船舶自來

二〇二一年四月四日

夜晚散步遇逝者歸
自宅有感

夜幕難埋去世悲
玄關寂寞主人回
一生禍福紅塵事
六尺白綢裏夢飛

二〇二一年四月十日夜

▋三月三晨公園即景

夜雨牽出氣象新
時逢上巳踏青春
坪光泛泛如霜色
卻是真洙嫩草晨

二〇二一年四月十四日

▋題宋延文獨釣寫真

千樓拔岸起
萬戶天仙配
一竿在手男
獨釣春河水

二〇二一年四月十六日

▋故的鄉

布爾哈通河
春寒逐逝波
當年楊柳岸
夢裡總婆娑

辛丑年三月初六

▋橄欖樹

尋找到了夢中的橄欖樹
我如夢初醒
那棵橄欖樹
只應該存留於夢中
這是最好的選擇

二〇二一年四月十八日

▋山間溪流記

有水如無水
晶瑩只見沙
清溪婉轉淺
兩岸可憐花

二〇二一年四月十九日

▋辛丑谷雨晨記

谷雨春風老
花殘枝上少
晨陽綠彩坪
落蒂林蔭道

二〇二一年四月二十日

愚園暮春

君言寂寞暮春時
只為花飛卉喪失
我謂愚園竹好處
白牆赤瓦翠微枝

二〇二一年四月二十一日

春宵即景

北鬥向東南
中天月上弦
一襲風浩蕩
兩耳不聞蟬

二〇二一年四月二十二日

深山半日記

山中我本居
更向深山去
委婉澗流清
隨行楓瀑綠
登峰而造極
俯瞰青塵域
願結木石緣
開心聽鳥語

二〇二一年四月二十一日

戲題幸運草

人雲四葉草珍奇
三葉叢中十萬一
四葉朝朝光顧我
平生幸運木化石

二〇二一年四月二十五日

感時：煮蛋孵雞

上帝天堂若有知
應當恥笑世人癡
荒唐總被荒唐累
煮蛋焉能又孵雞

二〇二一年四月二十七日

感時：頂替火化

性命焉能貴賤分
窮民頂替富屍身
公平教育失聲久
利益輸贏日日聞

二〇二一年四月二十九日

▊修屋小記

院落修竹入室中
格局造就引清風
山鄉上下知青客
舊業重操已老翁

二〇二一年四月三十日

▊牛年五一節晨記

春山野味五一香
免費酬勞動者享
生平欠得人情債
更有乾坤為我忙

二〇二一年五月一日

▊木墩

觀音山上沒有觀音
在山頂上有個風雨亭
其中有個木墩

這個木墩已經很老了
老得分辯不出年輪
但是沒有腐朽

春夏秋冬的風
把各色的閒人吹上山來
他們輪流地坐在木墩上

閒人中有的興高彩烈
有的愁容滿面
有的呆若木雞

還有的噴煙
有的排氣
有的出汗

木墩對他們沒有選擇
它的使命是承重
對其他的性狀沒有感覺

它不在乎他們的形狀
色彩
還有氣味

這一天，我來到觀音山上
站在風雨亭中
看著木墩想入非非
假若木墩有了感覺和主張
假若對承重的對象有所選擇
它的命運將會如何

假若木墩長出了稜角
假若木墩釋放出異味或異色
它的歸宿也將會如何

我想它應該是別無選擇地
被請出風雨亭
在風雨中腐朽

大概在風雨中的木墩
將另有一個好的選擇
不腐朽，化作一個石頭

那是木石
不再腐朽
像人們信仰的觀音

二○二一年五月二日

陌上黃昏即景

雨後暮春幽
紅花綠葉稠
清悠而婉轉
杜宇在枝頭

二〇二一年五月二日

神戶海邊

洋風蕩漾碧波輕
岸上吳服款款行
赤塔通天應可問
紅塵疫病幾時寧

二〇二一年五月三日

五四青年節斷想

仲甫曾經義氣高
中途而廢賴情騷
落魄江津余瘦骨
書生到底勝國燾

注：陳獨秀到底比張國燾有骨氣。

二〇二一年五月四日

立夏夜雨記

立夏及時雨
三更即打窗
誰人來故地
幾畝插新秧
夢裡空思想
田邊有酒香
愚園早上好
檐下數濕篁

二〇二一年五月五日

清晨散步小記

巷尾街頭盡杜鵑
誰人道得不一般
彌生暖氣催花草
百卉千葩是自然

二〇二一年五月六日

▌難得愚蠢

截取新竹掛舊衣
青春作伴好呼吸
貧居市井貧人問
富在山中富木石

二○二一年五月七日

▌山中

避疫山中寂寞乎
君言痛感我說無
風花雪月尋常是
野味佳肴對玉壺

二○二一年五月七日

▌山中鳥語

清風遞鳥語
不解其中意
是故而非親
基因隔萬里
文明各異途
請諒無還禮
悅耳何悠揚
沾沾獨自喜

二○二一年五月八日

▌辛丑年母親節

上帝垂青有世人
非她莫屬是慈親
佳節境界天營造
紫氣前宵滿黃昏

二○二一年五月九日

▌五月九日晨記

歲月今朝底事閒
三心二意數竹尖
白羊蒼狗時來往
難得西窗片刻天

二○二一年五月九日

▌城市黃昏

日落城中障目多
高樓鐵塔又鴻羅
紅塵燦爛輝煌事
宇宙時空幾粒波

二○二一年五月十一日

▋紅塵

一方水土一方人
各有晴空各有陰
秋月春花千載是
當歌對酒賴詩心

二〇二一年五月十二日

▋孟夏愚園

南窗翠柏西窗竹
孟夏白屋綠可沽
細雨綿綿催生物
明朝就筍品屠蘇

二〇二一年五月十二日

▋獨坐

山中鳥語清
淨耳理神經
世上皆憂患
我獨忘疫情

二〇二一年五月十四日

▋山中黃昏記

坐看黃昏漸次深
空山鳥語客傾心
紅塵屢被瘟神累
自命凡夫疫外人

二〇二一年五月十三日

▋山幸

西坡竹筍東坡蕨
貴客登門不上街
自釀烏梅青果酒
無名有度醉人傑

二〇二一年五月十五日

▋賀天問一號登陸火星

先賢自古問天機
上帝星辰巧布棋
漢界楚河何從越
科學技術可揭迷

二〇二一年五月十八日

▌孟夏雨晨記

剝筍茅簷下
無心數幾支
微風拂樹動
細雨打徑濕
白霧遮蒼海
黑松展翠枝
山中駐遠客
孟夏欲田雞

二〇二一年五月十七日

▌聞印度牛尿治療新冠有感

文化難說是文明
幾多愚昧文化中
文明竟被文化累
飲尿荒唐抗疫情

注：此事難判真偽。
二〇二一年五月十八日

▌入梅

細雨絲絲看若無
愚園拔翠老新竹
紅塵自有千般惱
付予山中半本書

二〇二一年五月十九日

▌黃昏雨中漫步

雨傘不隔音
應傳上帝語
悟性凡夫低
滴答獨自喜

二〇二一年五月二十日

▌小滿雨

擎傘起穹隆
迎接小滿雨
清冰落玉聲
帝子傳佳意

二〇二一年五月二十一日

▌小滿晨記

小滿雨連天
山中夜未眠
朝來客戶外
翠羽正悠然

二〇二一年五月二十一日

▌梅雨路遇

瀟瀟梅雨住
陌上飛流注
莫道不消魂
須臾無覓處

二〇二一年五月二十二日

▌梅雨黃昏

雨住黃昏靜
紅雲染碧天
山中居遠客
把酒憑欄干

二〇二一年五月二十二日

▌輓袁隆平

胸懷天下大科學家
盡瘁蒼生無二志
腳踏實地真泥腿子
雜交水稻第一人

二〇二一年五月二十二日

▌讀三國中聞袁隆平逝世而作

隆中對弈孔明高
平步青雲藐視曹
千秋壯烈出師表
古往今來領風騷

注：藏頭詩・隆平千古。

二〇二一年五月二十三日

▌題黃花

旭照透黃花
氤氳境界佳
明知不是夢
卻想在仙家

二〇二一年五月二十五日

▌題早晨太陽

日有靈犀一點通
光明透徹樹林中
知汝遠來應有意
天天為我辨迷蒙

二〇二一年五月二十六日

▌題燕子

燕子雨中飛
逍遙往復迴
茅簷空待爾
日暮蒼茫㱮

二〇二一年五月二十八日

▌無名花草題

無名草上無名花
但賴無名壽生涯
紅塵易被名聲累
最好西施總浣紗

二〇二一年五月二十六日

▌題新竹

新竹遠勝老竹茁
世代傳承自法則
試看明年出筍處
一番景致亦非昨

二〇二一年五月二十九日

▌超級月亮

超級月亮渡雲霄
百戲紅塵仔細瞧
已是無人天狗嚇
獨聞古寺鼓音飄

二〇二一年五月二十六日

▌清晨記

幸運之神又蒞臨
茅屋門室壁青塵
官財酒色無緣事
四葉草徒慰我晨

二〇二一年五月三十日

紫陽花

尋常巷陌紫陽花
淡雅香飄百姓家
富貴雍容天造就
紅妝素抹俱仙葩

二〇二一年五月三十一日

兒童節斷想

朽木曾經嫩綠枝
風調雨順不多時
但問餘生何所欲
興亡禍福俱由之

二〇二一年六月一日

辛丑年六一前夜記

入夜
運動場空無一人
我是例外
獨坐在正中的沙土地

夜風呼呼地吹
夏衫和頭髮抖起
北門星在穹隆頂南傾
星光暗淡而點滅

突然我想起
不，是腦海中回響起
那個遙遠的歌：
往昔的光呀……在哪裡？

二〇二一年六月一日晨

清晨掃竹林

夢散入竹林
風清曉露新
人閒堆落葉
鳥語問殷勤

二〇二一年六月三日

六月四日清晨斷想

書生政事靠邊人
袖手旁觀六四門
三十二載一彈指
多少英雄化作塵

二〇二一年六月四日

▌題一街樹

一樹緣何根本雄
紅塵設障幾回重
枝搖葉落軀不動
立地堅強挺從容

二〇二一年六月五日

▌緊急狀態宣言下的
神戶港灣

熙熙攘攘前年事
冷冷清清眼下情
手持長桿垂釣者
弦悠歲月耐何能

二〇二一年六月六日

▌聞高考季感想

白駒過隙口頭禪
孟浪生平愧萬千
蟬鳴陣陣非知了
老化癡侯上帝言

注：誤判耳鳴是蟬鳴。

二〇二一年六月八日

▌夜步海港

萬點燈光照夜空
一尊更有塔通紅
遊人幾許並肩侶
羈旅唯獨嘆疫情

二〇二一年六月八日

▌題斷橋

改道河川剩斷橋
燈光幾點照青宵
當年寶馬喧囂處
倩影娟娟話悄悄

二〇二一年六月九日

▌題神戶港紅磚倉庫

照亮舊紅磚
燈光示語言
風塵有軌跡
井市沿從前
古物宜珍貴
新生勿為錢
殘存倉庫老
慶幸未拆遷

二〇二一年六月十日

港夜掠影

夜色沈沈幕海天
塵光作秀百重煙
清風有意推輕浪
弄碎琉璃抹畫船

二〇二一年六月十二日

又見紅橋

紅橋不是傷心處
卻有傷心故
揮手而別去無蹤
爾竟天涯路

二〇二一年六月十二日

仲夏小離歸來

離家數日院荒蕪
纖竹豎長草橫粗
但喜紫陽花正好
橙紅李子已成熟

二〇二一年六月十三日

自釀青梅酒記

紅塵有好酒
自釀青梅珍
山中樂待客
彼此醉黃昏

二〇二一年六月十三日

端午節清晨斷想

屈平伍子胥
端午又曹娥
入水名千古
忠誠各盡責
龍舟驅惡鬼
粽子投魚鱉
從來多少事
杜撰成傳說

二〇二一年六月十四日

梯梧之花

街頭角落樹孤紅
似火如雲少聞名
怪狀奇形花可愛
梯梧久已在歌中

二〇二一年六月十四日

▌神戶港地震遺址

危岸崩塌入海中
驚濤駭浪動龍宮
二十六載復原就
半倒街燈總伶仃

二〇二一年六月十六日

▌街頭即景：睡客

（一）
高樓擎大荒
小狗墜鈴鐺
自在天涯客
孑然入夢鄉

（二）
都市的道路
規定了風的方向
我順風走來
迷失在都市的廣場
拾一張長椅
拴住我悠蕩的夢鄉
小狗的吠聲
溜狗的目光
隨意
請便

二〇二一年六月十七日

▌感時：西方

疫病橫行世界慌
西方霸道更遭殃
強權政治何時了
早有雄文論主張

二〇二一年六月十八日

▌山雨告一段落入竹林

夏雨沐青竹
精雕翡翠出
晨風一駘蕩
葉落九芒珠

二〇二一年六月十九日

▌無題

久疏學問未讀書
玩水遊山愧當初
人生只作逍遙事
如此聰明是糊塗

二〇二一年六月二十日晨

▋中國共產黨建立 一百週年記

其一

破碎山河要改觀
知識站起布衣先
驚心動魄法租界
苦雨腥風畫舫船
拋頭灑血真忠義
分道揚鑣見愚賢
政策格局生命線
槍桿裡面出政權

其二

兩黨爭奪一江山
一隅海島一中原
風雲百載一回首
是否輸贏一目然

二〇二一年七月一日

▋辛丑年六月第三個 週日記

仲夏偏逢此日陰
山中草本自幽深
無心事事天涯客
卻倚松風望斷雲

二〇二一年六月二十日

▋觀音口罩有感

肉體凡胎染病毒
生來俱是特殊無
觀音不死平天地
口罩人工必要乎

二〇二一年六月二十日

▋又來夏至矣

夏至極長漸短陽
冥冥自有網和綱
山中四季分明是
靜伴愚園草綠黃

二〇二一年六月二十一日

▌觀音戴口罩有感

世界真奇妙
觀音戴口罩
名曰抗疫情
實際瞎胡鬧

二〇二一年六月二十一日

▌夏日紅塵

日照紅塵紫氣升
高樓聳立高架橫
輕裝少壯輕車路
送貨宅急為謀生

二〇二一年六月二十七日

▌天淨沙‧夏至夜

紅塵綠樹街燈
風吹葉動蟲鳴
北鬥南天畫柄
橫雲斷夢
上弦輪半分明

二〇二一年六月二十一日夜

▌夏夜

酒後歸來已夜闌
猶憑欄干找闌干
薄雲片片遮明月
卻怨闌干弄虛玄

二〇二一年六月二十五日

▌「推翻相對論」記

愛因斯坦很高明
但遜燕山李子豐
燕子飛來又飛去
叼蟲小技口頭功

二〇二一年六月二十四日

▌夏日清晨

裁竹剪草不除根
更待新生在翌春
夏日晨風清而爽
愚園惻隱木石心

二〇二一年六月二十八日

賀白鶴灘水電站投產發電

大壩功成白鶴灘
金沙碧水漲雲端
飛流瀉下千堆雪
化作光明照江山

二○二一年六月二十九日

偶遇二次

一樹失成莫大哀
婆娑歲月瞬間埋
現代文明何以此
其中奧秘路人知

二○二一年六月三十日

香港回歸廿四週年記

一國兩制困難多
蓋自西方作亂謀
掉以輕心狼夜入
亡羊補牢愧先哲

二○二一年七月一日

大戰胡蜂

剪樹惹胡蜂
翁翁而進攻
一蜇抵一命
勝敗難分清

二○二一年七月一日

贈宋延文

逍遙浪跡水雲間
邂逅紅船正或偏
袖手旁觀唯能事
生平愧對地和天

二○二一年七月四日

▌夜和燈

燈光是個好東西，
它使我們看到了應該看到的。
黑夜也是一個好東西，
它使我們看不到不應該看到的。

因此，
燈光和黑夜的結合，
看到的全是：
美好。

二〇二一年七月四日

▌有感學者被毆打

老虎行兇鬧市頭
狐朋狗友勸溫柔
臨危自衛無能否
束手書生血不稠

二〇二一年七月五日

▌題高端拳武行

高官厚祿武學精
主意尋求拳腳通
撲朔迷離群望眼
誰能指點現真容

二〇二一年七月六日

▌七七事變八十四週年記

七七早上雨風狂
地記犧牲天記殤
不得紅塵平安久
堪憂大患東西洋

二〇二一年七月七日

▌題七夕

織女牛郎上鵲橋
纖雲弄巧漢河飄
情人相會年一次
不讓紅塵仔細瞧

二〇二一年七月七日

七月七日風雨大作

海上濃雲壓碧灣
乘風席捲向青山
愚園翠柏飛不去
我借茅檐品壯觀

二〇二一年七月七日

過琵琶湖記

雷鳥特急過琵琶
湖光盡處稻青霞
比叡山高嵐氣重
雲端不見有佛家

二〇二一年七月九日

白馬村

峰迴路轉雨中行
作伴青山血脈通
白馬村前擡望眼
風嵐疊嶂見五龍

二〇二一年七月九日

上高地

欲上連峰力不能
青屏聳入九宵重
一川碧水翻花去
兩岸白樺伴客行

二〇二一年七月十日

夜宿白馬村

夜倚欄干數流螢
忽聞杳杳遠蛙聲
夢裡不知身是客
沿江披雨走提燈

二〇二一年七月十日

在岩岳巔峰遠望

我欲攀登上山巔
山巔隱在白雲端
雲端一旦擡眼望
眼望山巔更天邊

二〇二一年七月十二日

▍登北阿爾卑斯記

輾轉高車再而三
時晴時雨時霧瀾
歷盡千番辛苦事
擡頭一見雪山巔

二○二一年七月十一日

▍登山逢山鬼記

大地多嬌我不驕
登峰未半已折腰
回程最惡逢山鬼
九獄相邀走一遭

二○二一年七月十一日

▍八方溫泉

八方岳下入溫泉
舉目巍峨見雪山
老朽從來乏腳力
天然礦質助回天

二○二一年七月十二日

▍千年巨杉記

漫步紅塵趣索然
忽然幸遇綠遮天
招風去暑人清快
感謝千年巨樹杉

二○二一年七月十三日

▍回克

揮手別白馬
心中念五龍
青禾朝露暗
綠樹晨風寧
雪岑雲遶繞
山間霧起濃
蒼天曉日月
我輩迷行蹤

二○二一年七月十四日

▍梓川

天將翡翠落青山
化作清流謂梓川
婉轉芳林上高地
群峰倒影雪奇觀

二○二一年七月十五日

梓川（二）

鬼斧劈出兩斷山
神工助力湧潺潺
木堵石攔渾不計
沈著冷靜下平川

二○二一年七月十五日

河童橋

古老傳說未必真
空談水怪示於人
河童橋上留神望
梓水悠悠浪浮沈

二○二一年七月十七日

大正池

大正池來自火山
溶巖造就水波寬
一方翡翠出青甸
夜映星辰晝映天

二○二一年七月十六日

憑吊長野奧運競技場

寂寞當前聖火台
曾經燦爛再難來
晨光滿灑滑行道
萬眾觀席一客埋

二○二一年七月十七日

野外逢熊記

野地逢兇未必驚
機關按動寫真容
彼此無傷分別去
熊不記我我記熊

二○二一年七月十六日

梅開

梅開恰似梅紅秀
為有黃昏彩霞飛
氣爽風清從此日
好享仲夏翠山微

二○二一年七月十六日

晨曲

拂曉聞蟬鳴
夾雜鋼鐵聲
隔窗看究竟
思想意難平
資本投機重
布衣口袋輕
紅塵多理論
走馬觀花燈

二○二一年七月二十日

仲夏（一）

衰年耳力弱
但有異常聽
仲夏聞知了
全無另外聲

二○二一年七月二十一日

疫中街市

暑氣襲人逛市街
商家寂寞客稀缺
香風偶爾輕飄過
面貌娉婷口罩別

二○二一年七月二十一日

仲夏（二）

仲夏黃昏遲
斜陽久不夕
徜徉來海畔
畫舫蕩清漪

二○二一年七月二十二日

題東京奧運會

疫病橫行奧運行
東京面子重生靈
紅塵縱有千般苦
政客優先自己贏

二○二一年七月二十三日

▌仲夏（三）

欲掃庭除仲夏晨
海天喜見染紅雲
低眉野草埋幽徑
不忍揮鋤斷爾根

二〇二一年七月二十三日

▌八方美女

白馬八方美女姿
亭亭玉立少言詞
眉清目秀應未必
最好折腰盡禮時

二〇二一年七月二十五日

▌仲夏夜

月照欄干客不眠
知知了了夜聽蟬
清風有意紗窗透
玉露無心落枕邊

二〇二一年七月二十四日

▌靜夜思

月透紗窗入木屋
三更已過夢些無
想盡生平多少事
乾坤未敬罪當誅

二〇二一年七月二十五日

▌八方尾根

欲測風雲不可能
傾盆大雨瞬息晴
方愁飄渺彌天霧
剎那瑤池納雪峰

二〇二一年七月二十五日

▌靜夜思（二）

月入山屋照木石
清光厚意慰心思
巡天日歷八萬里
那是春秋過去時

二〇二一年七月二十六日

▋信州之晨

如煙似霧是山嵐
漫舞輕飄障嶺巔
遍地青塵白馬走
須臾化作玉龍旋

二〇二一年七月二十七日

▋西代清晨

紅雲幾縷掛窗簾
老樹婆娑上紫煙
了了知知蟬唱勁
清晨不教客家眠

二〇二一年七月二十八日

▋題東京奧運會

奧運也無聊
評分藏小貓
岸然君子貌
暗裡盡陰謀

二〇二一年七月二十八日

▋仲夏

浮雲日日渡高空
不雨山中解旱情
老朽柔情憐草木
鞠躬進水貢長青

二〇二一年七月二十九日

▋辛丑年建軍節記

破碎山河久未央
群雄奮起始南昌
兵家勝敗尋常事
百姓安危領道綱
大浪淘沙連天湧
輕年意氣為國殤
滄海橫流今又是
誰能忘記第一槍

二〇二一年八月一日

▋大雨山中

山中久旱物生塵
夜半滂沱入夢深
早上開窗驚視界
隔欄處處煥一新

二〇二一年八月三日

▌電視看奧運記

奧運會和平
無須太動情
金銀銅錫鐵
談笑看輸贏

二〇二一年八月三日

▌暮夏清晨

未覺秋風至
但聞樹葉聲
白雲浮去遠
海上空清冥

二〇二一年八月六日

▌西代夏日清晨

天涯孤旅忘行蹤
盛夏山中避疫情
旭日愚園聲乍起
卻疑知了是蛙鳴

二〇二一年八月四日

▌廣島核爆日記

祭火搖搖祭客沈
光天化日作呻吟
當年夢裡成灰燼
死鬼冤魂有幾人

二〇二一年八月六日

▌西代黃昏

南天紫氣罩黃昏
半點晴明半點陰
夏日山中人欲靜
蟬鳴鳥語剎鐘吟

二〇二一年八月三日

▌辛丑立秋記

知了不知立秋事
仍如夏日唱情歌
知秋應是黃昏樹
碧綠搖風語婆娑

二〇二一年八月七日

立秋有感

莫道清秋是立秋
詩人浪漫作風流
當年稼穡今猶記
大樹蔭涼壟盡頭

二〇二一年八月七日

寫在八月八日

暑滯山間氣滯人
愚園羈旅客心沈
憑欄遠眺黃昏近
海上白花萬朵雲

二〇二一年八月八日

九號颱風襲來

倒海排山勢
天傾地動搖
颱風憑借力
暑氣頓時消

二〇二一年八月九日

寫在東京奧運會閉幕後

奧運精神亦難求
雲中鳥語唱風流
鄉關美譽高一切
健將功成利萬籌
情有獨鍾裁判愛
莫名其妙教練愁
老夫觀戰千里外
任爾輸贏總悠悠

二〇二一年八月十日

山中黃昏

深憂暑氣掩重簾
一卷三國半入眠
西照孔明疑日暮
開窗喜見彩雲天

二〇二一年八月十一日

全紅嬋奧運奪冠有感

紅塵莫過這般紅
水起風生故土隆
可憐稚子金牌主
廣眾之前話語窮

二〇二一年八月十二日

217

▌連日秋雨記

大雨滂沱鎖孟秋
出行遇阻客何憂
窗前不老黃金柏
欄外修竹帶翠悠

二〇二一年八月十三日

▌同行

我走山亦行，
我住山亦停。
何來如此愛？
木石恋山情！

二〇二一年八月十六日

▌寫在日本戰敗日

扶桑祭鬼招魂日
戰敗當年遍地哀
莫道和平容易得
三千烈士九泉台

二〇二一年八月十五日

▌斑尾高原溫泉

雲中有客看風流
左右忽然前後悠
俯首蔥蘢青世界
紅塵忘卻幾多愁

二〇二一年八月十七日

▌早上出行

莫道君行早
早行更有人
青山知了未
了了露濕襟

二〇二一年八月十六日

▌走希望湖

雨幕千層霧百重
輕風助我看湖容
朦朧不遜分明好
偶爾出奇韻味濃

二〇二一年八月十七日

▌沼之原濕地行

不見崢嶸但娉婷
花香鳥語蟲子鳴
連山丹草連天雨
伴我重溫故里情

二〇二一年八月十八日

▌登斑尾山

戴雨披風上翠微
天公為我敞山扉
專程遠道來斑尾
滿袖青塵滿意歸

二〇二一年八月十九日

▌忠恩寺掠影

問靜尋清古寺來
應憐步履印蒼苔
和尚不知何處去
風清樹動影徘徊

二〇二一年八月二十日

▌過飯山站

傍水依山小站新
亭亭玉立比尤人
最是稱心如意處
一分二木待佳賓

二〇二一年八月二十一日

▌上越妙高小遊

上越風流在稻田
波光瀲灩遠接山
正是初秋熟欲透
低頭向客道平安

二〇二一年八月二十一日

▌辛丑中元記

紅塵地獄兩難分
善惡誰知內外墳
野鬼孤魂何處在
山中草木任棲身

二〇二一年八月二十二日

斑尾登頂記

空山鳥語清
草木翠微明
放眼尋白兔
悠然在天行

二〇二一年八月二十三日

題青楓

青雲幾片落蒼苔
幾片青雲弄影來
弄來弄去無痕跡
為是蒼苔不塵埃

二〇二一年八月二十四日

題釜蓋遺跡

殘壺斷甕見光天
道盡人間上古難
釜蓋風光無限好
青坪地下是黃泉

二〇二一年八月二十三日

朝霞

招霞來錦鯉
自在漫天遊
欲共乘風去
心難斷地球

二〇二一年八月二十五日

訪正受庵

正受庵前小駐足
苔蘚厚重草菅酥
高僧道鏡今安在
古木參天住鷓鴣

二〇二一年八月二十三日

遊飯山城址

綠樹參差綠草平
登臨只見社新亭
高石壁壘覓無處
古塚殘碑字不明

二〇二一年八月二十五日

詠斑尾雲海

窗前百丈懸崖綠
眼下千秋雲霧白
我欲臨風謳莽莽
山應幾度唱回來

二〇二一年八月二十五日

早秋色

涼言秋已立
暑氣夏依然
野外紅塵遠
蜻蜓芒草尖

二〇二一年八月二十八日

千曲川

千曲百轉一首歌
盡將深情注細波
岸上鐘聲傳古韻
無緣不礙半天佛

二〇二一年八月二十六日

飯山小遊

訪古尋幽小鎮遊
扶風瘦柳解離愁
山中有寺無和尚
擅借青蔭避日頭

二〇二一年八月二十八日

蛙入古潭水聲吟

紅塵不到處
草掩古荷潭
撲通蛙入水
片刻響纏綿

注：試譯芭蕉俳句古潭。

二〇二一年八月二十七日

█ 打油詩：辛丑七月二十二

其一

焰火高高照夜空
紅塵路上喜融融
無知借問靈通網
竟是財神爺誕生

其二

財神距我遠迢迢
注定生涯盡力勞
攞頭上帝忽然見
為富不仁底處逃

二〇二一年八月二十九日

█ 遊山有感

山中景致不深藏
入目存心細品嘗
本是平凡石草木
鐘情所愛便非常

二〇二一年八月三十日

█ 詠參天樹

吾喜參天樹
參天樹愛吾
風霜雨雪時
海角天涯處

二〇二一年八月三十一日

█ 小貓上門

今朝氣氛新
有客自登門
借問何所欲
無言只眼神
風塵喜富貴
爾輩不嫌貧
浪跡天涯路
方知遠近人

二〇二一年九月一日

▋美軍撤出阿富汗有感

連天炮火二十年
耀武揚威一旦完
破碎支離阿富汗
稱心如意美利堅
無辜受累平民眾
聖戰獨行塔利班
奪得江山非易事
重興社稷難上難

二〇二一年九月一日

▋小恙吟

小恙感秋涼
輕風痛古傷
我本無心物
年來憶舊常

二〇二一年九月三日

▋大連日本風情街有感

位卑未敢忘國憂
不古人心是新惆
倘若塵無真善美
高堂廣廈亦荒丘

二〇二一年九月三日

▋紫薇樹

路上夕陽透紫薇
蝴蝶萬羽靜不飛
尋常巷陌忽然美
忘卻輕憂信步歸

二〇二一年九月五日

▋白露吟

白露蒹葭上
白雲去自閒
白花昇碧海
白髮連蒼鬢

二〇二一年九月七日

▋白露贈鵬飛

白山陰嶺秀
積雪浮雲端
白露深秋冷
君當注意寒

二〇二一年九月七日

▌白露黃昏

白露黃昏暮氣沈
山中寂靜少行人
經年羈旅江湖客
路問花貓卜紅塵

二〇二一年九月七日

▌毛澤東逝世四十五年記

看過紅塵多少事
方知思想潤之深
只為蒼生不為己
身先自律廉政人

二〇二一年九月九日

▌深秋吟

秋上心頭何奈愁
乾坤寂寞碧空幽
郊原夜下西風冽
散盡青煙向斗牛

二〇二一年九月八日

▌秋心

愁拆上下兩分家
各將秋心繫樹椏
最是山中空氣好
紅塵不礙綠塵發

二〇二一年九月十日

▌9.11 二十週年記

動地驚天鬼見愁
飛機底事吻高樓
散盡硝煙餘迷霧
留與歷史論春秋

二〇二一年九月十一日

▌清秋

碧水青天淡抹雲
竹林蟋蟀細呻吟
黃昏暮靄沈沈好
燈火紅塵漸漸深

二〇二一年九月十二日

▌九一三事件五十年記

墜戟橫沙鐵盡銷
溫都爾汗葬林彪
風流倜儻誰人記
勝敗終歸下酒餚

二〇二一年九月十三日

▌初秋觀音山

信步清秋偶入山
觀音不在卻聞蟬
逢人問葉紅何處
半艷楓飄落眼前

二〇二一年九月十五日

▌清掃竹林記

久曠竹林落葉積
年來自覺老身疲
一生兩袖三回首
竊喜結蘆伴篁居

二〇二一年九月十六日

▌辛丑年十四號颱風記

青山綠水亦生塵
借得颱風煥然新
夜雨聲中煙水夢
清晨陌上草精神

二〇二一年九月十八日

▌九一八事變九十週年有感

陷落當年北大營
毫無抵抗只犧牲
狼心狗肺東洋最
浪子亡國張漢卿

二〇二一年九月十八日

▌辛丑年九月十八日記

山中陋舍黃昏暗
斜照西窗地落花
欲掃還來徒影亂
清暉卻下掩羅紗

二〇二一年九月十八日

▌東洋老人節記

老而無勞怯放歌
登台望月愧先哲
清光照我知何意
且滿三杯敬漢河

二〇二一年九月二十日

▌中秋來客

早上階前降彩雲
中秋未請自來賓
素手相迎無客套
白屋化作好紅塵

二〇二一年九月二十一日

▌八月十五夜

中秋月渡斷雲空
時暗時明時無蹤
我欲相邀天上客
乾坤敘舊廣寒宮

二〇二一年九月二十一日

▌晨曲二則

其一

清晨送客野山歸
鳥語蟲吟落葉飛
彼此相安非故事
一無所愛二無悲

其二

何愁明月盡
自有夜珠來
月季秀籬上
山中不覺衰

二〇二一年九月二十二日

▌秋分吟

露滿欄干照紫薇
花開百日帶香飛
扶風銀髮非霜染
路上寒芒自白微

二〇二一年九月二十三日

▌秋晨記

清晨好處鳥先知
不待光明透樹枝
往往來來皆過客
人們總比鳥們遲

二〇二一年九月二十四日

▌早上好

清晨漫步過青坪
地主猶先自做工
本是紅塵人作客
和平共處雀不驚

二〇二一年九月二十五日

▌感時

海上驚濤弄晚舟
疊出險象使人憂
其中奧妙應難盡
大顯神通總不休

二〇二一年九月二十六日

▌港口岸邊

海浪吟詩海畔應
輕風蕩漾作和聲
平鋪翡翠連天水
大道高樓自縱橫

二〇二一年九月二十七日

▌初秋出行

我欲雲遊誰送行
擡頭正面斷霞紅
風清草動離別意
一旦歸來共三觥

二〇二一年九月二十八日

▌初秋新旅

黑潮載我向南行
沿海依山兩面青
一耳波濤一耳鳥
參心肆意悟餘生

二〇二一年九月二十八日

▎忘歸洞

大洞窟存萬古泉
煙吞碧海氣遮天
遊人忘卻身何處
恰好紅塵地獄間

二〇二一年九月二十八日

▎忘歸洞（二）

忘歸洞裡忘歸乎
異客他鄉念蒼梧
地厚天高無從報
三生有幸愧三途

二〇二一年九月二十八日

▎玄武洞

應疑玄武洞藏龍
晝夜分明海笑聲
我入其中渾欲醉
溫泉勝酒理神經

二〇二一年九月二十八日

▎夜宿紀伊勝浦

電掣風馳來勝浦
清醇未醉亦深眠
席波枕浪何其好
夢裡依稀海市人

二〇二一年的九月二十九日

▎國慶七十二回記

七十二載盡艱辛
造就繁榮立世林
厲害常談當自律
科學大樹好遮蔭

二〇二一年十月一日

▎大門坂

古道幽深古木森
蒼苔滿地客留痕
拾級而上艱難處
喜見靈芝笑吟吟

二〇二一年十月三日

▎那智瀑布

一百三十三米高
雲天落下素絲縧
若非群玉山嵐帶
應是銀河鵲架橋

二〇二一年十月三日

▎勝浦黃昏

勝浦黃昏在浪尖
一波更比一波嫣
濤聲最有人情意
陣陣頻催打漁船

二〇二一年十月五日

▎狼煙山上

海色天光鏡相成
居高臨下看分明
白雲浪卷千堆雪
蒼狗爭嶸島爭獰

二〇二一年十月四日

▎勝浦清晨

勝浦清晨海上來
隨波逐浪叩陽台
開窗喜見紅霞亂
躍影浮金天地開

二〇二一年十月六日

▎紅塵

一入紅塵百事幽
開弓箭羽向前頭
白天不慮黃昏近
日暮方知夢裡遊

二〇二一年十月五日

▎祭山

青煙不向紅塵去
只在深山古木悠
澗水白花澄耳目
清風散盡客家憂

二〇二一年十月七日

▋那智社秋

深山古寺有高僧
敬業修行日夜精
暮鼓晨鐘催落葉
清秋幾點水缸中

二〇二一年十月七日

▋辛丑寒露記

未覺秋深入
忽聞臨寒露
天南正暑殘
地北猶涼酷
去國三十年
離家萬里路
山中日暮時
寂寂清風渡

二〇二一年十月八日

▋辛亥革命 110 年記

蜂擁而起武昌城
熱血迎來共和名
袖手旁觀天下事
雙十日里念黃興

二〇二一年十月十日

▋黃昏斷想

燕京海上夢難眠
老大離鄉繫萬千
戴月披星非易事
燈紅酒綠不留連
香飛粉舞來櫻好
碧水流芳去自然
落葉秋風三年九
黃昏遠望念坤乾

二〇二一年十月十一日

▋十月十二日記

二十七年一指彈
回頭彼岸水雲煙
秋風有意黃昏客
復去翻來動衣衫

二〇二一年十月十二日

▍秋日愚園

翠鳥愚園往復飛
鐘情柿子覓秋肥
何須遠慮天涯客
主宰山中非爾誰

二〇二一年十月十三日

▍辛丑重陽記事

瘦骨難堪上險山
登高望遠倚欄干
黃花早上娉婷好
細看原來野草尖

二〇二一年十月十四日

▍重陽日暮記

日暮重陽半月高
清風不語亦風騷
良辰美景何遺憾
客怨離愁寄九宵

二〇二一年十月十四日

▍兵庫運河

古運河幽古寺森
鐘情水意共黃昏
千家燈火一明月
不照當年兵庫津

二〇二一年十月十五日

▍紅塵秋色

莫道紅塵景物稀
高樓以上有驚奇
君須著眼人間外
草木秋光最及時

二〇二一年十月十六日

▍天淨沙 · 喇叭花

青藤綠葉藍花
殘垣斷壁頹苞
旅客清秋僻家
蜻蜓上下
木石人立夕霞

二〇二一年十月十七日

清秋

斜陽有意照殘雲
一抹清秋二寸深
漫步觀音山色晚
遙聞社鼓落紅塵

二〇二一年十月十七日

題水中雲

雲落在水中
比在天上好看

我喜歡水中的雲
因此我可以俯視它的
美麗

感謝水
給我俯視雲的機會

二〇二一年十月十八日

野草黃花

愚園生野草
窈窕著黃花
不在名芳榜
清香住舊家

二〇二一年十月十九日

老櫻花樹

老樹經年久
皮脫肉腐朽
嶙嶙瘦骨存
照舊春花秀

二〇二一年十月二十日

題九月十五的月亮

高圓一樣清秋月
月份不同運不同
只怨紅塵能故事
薄此厚彼累空冥

二〇二一年十月二十日

▌愚園秋

山中秋色美
俊俏花一枚
點綴荒蕪處
白屋彩蝶飛

二〇二一年十月二十一日

▌題破曉

天公弄曉色
海上玉屏開
憑欄擡望眼
萬里舒胸懷

二〇二一年十月二十二日

▌久違十年贈長白山友人

十年久違念君時
鏡裡徒惜兩鬢絲
但祈長白風雪好
當歌對酒在天池

二〇二一年十月二十三日

▌辛丑年霜降日記

松風不掃殘雲去
散作紅煙布晚天
塞外當年霜降夜
昏燈暖炕照黃玄

二〇二一年十月二十三日

▌題柿子

攜君入陋室
瑟瑟已秋深
富貴紅塵事
山家勿厭貧

二〇二一年十月二十四日

▌偶趣

常憂政治外行人
故而偏居伴竹筠
選舉招牌無意看
原來戲劇是紅塵

二〇二一年十月二十五日

▌秋雨

秋雨落黃昏
山中客欲眠
空冥上紫氣
暮鼓送禪音

二〇二一年十月二十五日

▌清客

晨來有客總光臨
只在窗前不入門
須臾化作清風去
難得應酬無富貧

二〇二一年十月二十七日

▌感事：真子之嫁

壁上空談天下事
情思只在手中杯
皇宮不外紅塵裡
鬥角勾心總是非

二〇二一年十月二十八日

▌竹林蜘蛛

我欲揮竹掃蜘蛛
清暉有意照無辜
惻隱出心非和尚
今朝權且作浮屠

二〇二一年十月二十八日

▌秋趣

我欲題詩怨筆拙
清秋勝譽美言多
連天衰草一紅葉
願借歌人好口舌

二〇二一年十月三十日

▌秋趣（二）

好色木石人
清秋喜桂賓
愚園不冷落
日夜伴芳馨

二〇二一年十月三十日

▎秋趣（三）

滿園秋色攔不住
一樹烏桕上欄柵
奼紫嫣紅丹楓妒
風塵巷陌看貂蟬

二〇二一年十月三十一日

▎仙客來

清晨逢貴客
翠羽欄干落
為問欲何求
紅塵誤路過

二〇二一年十一月三日

▎大谷町

大谷銀燈誘客人
拾級而上訪黃昏
古韻輕悠常福寺
婆娑老木落佛蔭

二〇二一年十一月一日

▎秋晨

旭照蓮池上紫煙
微風不亂樹梢尖
人從眾走紅塵道
我自逍遙野草園

二〇二一年十一月四日

▎秋趣（四）

浪跡扶桑客
何曾忘舊遊
清風憑借力
愧送一葉秋

二〇二一年十一月三日

▎辛丑年十月初一記

夢斷難眠小夜蟬
登台北門望星寒
紅塵不遠明燈火
杳杳山風動舊衫

二〇二一年十一月五日

秋趣（五）

情人眼裡出秋色
野地荒山處處緣
莫道尋常雜草木
風騷視季總嬋娟

二〇二一年十一月六日

立冬懷遠

黃昏陌上月如鉤
欲釣冬雲送暮秋
塞外當年風雪冷
於今老朽念同儕

二〇二一年十一月七日

秋趣（六）

一樹婆娑稱綠夏
須臾已作葉紅秋
人生最悔蹉跎老
忍看空白鏡裡頭

二〇二一年十一月七日

雨中出門記

我欲出行誰送行
輕風細雨婉流情
山中作客由來久
忘卻紅塵處事經

二〇二一年十一月九日

秋趣（七）

秋風又上千山樹
故弄枝椏萬葉飛
雪泥鴻爪江湖客
不是子淵不覺悲

二〇二一年十一月七日

訪金澤

秋風送客到金澤
大鼓紅門看特別
巧匠能工奇手筆
出神入化可稱絕

二〇二一年十一月九日

▌兼六園

尋秋問色到金澤
六勝園來不忍別
細雨空濛出境界
松枝雪吊景一絕

二○二一年十一月九日

▌香林坊

尋秋問色訪金澤
漫步霏霏莫奈何
忽然邂逅香林坊
滿樹披紅賽錦羅

二○二一年十一月十日

▌長町武家屋敷

土色泥牆院落深
寬檐厚脊老屋沈
披風戴雨來古巷
但有溪流去水新

二○二一年十一月十日

▌夜宿山中溫泉

夜籠清林霧籠人
三池暖水淨身心
但憾山高天露半
半遮半掩看商參

二○二一年十一月十日

▌山中清晨記

清晨遠望怨山巒
萬木秋來泛泛嫣
嶺上虹橋何意是
憑君度我去蒼玄

二○二一年十一月十一日

▌祝宿

祝宿山中靜而幽
溫泉化解百般惆
秋風恰好飛紅葉
點綴雲天水上悠

二○二一年十一月十二日

▍山代溫泉街

楓旁柳下久徬徨
古色氤氳古總湯
井市無喧商賈靜
新屋舊舍木格窗

二〇二一年十一月十三日

▍深秋丹波

風悠樹杪起丹波
綠海秋成胭脂河
有幸偷閒來半日
娉婷閱盡復求何

二〇二一年十一月十七日

▍藥王院

常憂疫病苦人間
大喜辿著藥王山
上得高峰紅爛漫
原來古寺祭溫泉

二〇二一年十一月十四日

▍高山寺

高山寺裡採風來
葉落雙肩秋滿懷
人生易老山難老
社鼓依然和尚衰

二〇二一年十一月十八日

▍紅塵秋色

紅塵總被清秋戀
陌上風流阡上艷
莫笑人家處境偏
丹楓點綴黃昏院

二〇二一年十一月十五日

▍圓通寺

深秋客訪圓通寺
社鼓悠悠落葉紅
碧水殘荷遊錦鯉
參天古木自崢嶸

二〇二一年十一月十八日

▌高源寺

高源寺古木生塵
落葉輕飄落日沈
欲問佛陀瘟疫事
鐘聲杳杳有回音

二〇二一年十一月十八日

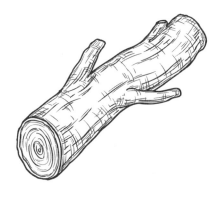

▌月食二則

其一

月食是一面鏡子
面對著地球

妄想吃掉月亮的天狗
被驅趕了千萬年
但不知道它深藏在何處

月食告訴我們
那個天狗正是地球

其二

地方天圓
愚昧紅塵千萬年
亞里士多德的慧眼
看到了月食的反映
地球的影子是圓的
人類走出了蒙昧

是的，地球是圓的
而我，直立在上面

二〇二一年十一月十九日

▌秋雨

我喜清秋細雨飛
鋪磚潤色木著緋
輕寒刺激消沈去
助興提神翡翠杯

二〇二一年十一月二十二日

▌腳下留情

白駒過隙事
浪跡天涯人
擡頭有月朗
腳下留情深

二〇二一年十一月二十六日

▌辛丑小雪日記

夜有精靈葉有神
深秋夜葉照浮雲
寒蟬杳杳清幽許
小雪今宵雨有痕

二〇二一年十一月二十二日

▌路遇彩虹

陌上清秋寂寥時
晴空意外雨如絲
滄溟遠望虹橋起
籠罩紅塵比遙池

二〇二一年十一月二十七日

▌家附近公園的秋色

行裝打理幾折騰
遠處歸來近處紅
尋常草木尋常巷
代謝循時變化同

二〇二一年十一月二十三日

▌六甲山一日行

展轉山中路欲迷
紅雲障目總難離
幸有清溪時左右
簫歌落日送秋夕

二〇二一年十一月二十八日

▌街頭

車來人往是紅塵
靜靜行車默默人
造物無聲無動作
匠心獨在可傳神

二〇二一年十一月三十日

▌深秋

青山依舊在
碧綠西窗外
老柿自殷紅
應天順地派

二〇二一年十一月三十日

▌詠銀杏二則

其一

看盡丹楓染萬山
忽然洞見上黃煙
雍容典雅風不散
銀杏一尊亮眼前

其二

最是深秋銀杏好
純黃葉子照斜陽
玲瓏剔透瑕疵少
冷落風中亦端莊

二〇二一年十二月三日

▌秋韻

斜陽照樹紫煙生
裊裊寒蟬唱晚晴
秋風對客相識老
故弄婆娑戲旅情

二〇二一年十二月四日

▌秋樹

殷紅碧綠兩分明
共處一隅競娉婷
各有千秋迷望眼
憑君所好繫柔情

二〇二一年十二月五日

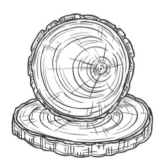

▌深秋的公園

秋天的鴿子奮不顧身
撲向早晨的陽光
樹的葉子不堪寂寥
收容迷失方向的光線
然後送出笑臉

陽光誕生了早晨
把溫度留在了草坪

草坪的草知恩圖報
向上現出綠的毫芒
挑起晶瑩的水珠
把恩惠傳遞給
看到它的目光

深秋公園的早晨
給散步的人和
被散步的狗
給散步的狗和
被散步的人
提供滿是活力的現場

二〇二一年十二月六日

▌辛丑年「大雪」日記

回頭塞外雪封山
眼下關西雨幕天
問客緣何長滯在
高堂故里不從前

二〇二一年十二月七日

▌殘秋

莫道冬臨萬物蕭
殘秋勝景倍妖嬈
南國不雪無冰冷
葉葉遲遲掛樹梢

二〇二一年十二月八日

▌山秋深處

秋餘韻味古山牆
密繞枯藤老木窗
碧綠千層他日夢
殷紅二點對殘陽

二〇二一年十二月九日

▌山居秋色

秋光未必豪宅好
野外山居草木紅
燕子飛來常助興
一壺自釀品三生

二〇二一年十二月十日

▌雲空

同一副瞳孔
同一個窗口
延長在不同的天空

今天的黃昏
令人窒息
又與昨天的不同

我已等待多年
那片相同的雲朵
終究沒有出現

二〇二一年十二月十二日

▌忘年之會

夜飲歸來感慨焉
愚園待我靜如天
山中總有雲和月
老而無憂欲忘年

二〇二一年十二月十二日夜

▌南京大屠殺八十四週年記

死難堆山血染江
強食弱肉不協商
曾經罪孽誰人負
海上頑敵是太郎

二〇二一年十二月十三日

▌自由思三則

一、

白日做夢令人失望
我把夢留給黑天
白日幹老本行～
賣肉

二、

南無阿彌陀佛
北邊或許有

白在淮南三十年
皓月不果腹
月來越瘦

看來還須～
找北

三、

勞心者治人
勞力者治於人

我不能治人
也不願治於人

看來只有躺平～
勞夢

二〇二一年十二月十五日

▌初冬斫木

斧鋸當年運自如
於今舊業已生疏
冬風樹下試身手
痛感心虛氣不足

二〇二一年十二月十五日

▌初冬大風記

狂風大作動乾坤
虎嘯狼吟陣陣森
自在山中觀樹舞
飛天掠地下黃昏

二〇二一年十二月十七日

▌自由思

詩人説：
冬天來了，春天還會遠嗎？

是的，不遠了，就在前面。

那麼，春天的前面呢？
春天的前面的前面呢？

這事詩人沒有説，
但是，草木皆知。

二〇二一年十二月十八日

▌堺市探訪老遺孤記

榮辱生平語不清
矇朧淚眼若分明
無從再見頻揮手
月照紅塵一老翁

二〇二一年十二月十九日

辛丑年冬至誌

浮雲不作雪花飛
總被冬風向北歸
莫道嚴寒今日至
晨光洩露紫陽微

二〇二一年十二月二十一日冬至

題水仙

凜冽冬風草木凋
愚園籬下暗香飄
梅花漫道迎春早
遜色水仙臘月嬌

二〇二一年十二月三十日

過新湊川偶遇

寒溪葉盡下蕭條
樹樹空枝向碧宵
岸上佳人獨坐久
冬風不亂半分毫

二〇二一年十二月二十三日

小梅花

瘦小梅開早
娉婷點樹梢
幽香無似有
借力冬風撩

二〇二一年十二月三十一日

感事：王某人

衣冠楚楚麗人王
舞爪張牙喪病狂
為官不為民做主
必有私心暗裡藏

二〇二一年十二月二十九日

國家圖書館出版品預行編目資料

臥木枕石集 木石詩選/木石著. -- 初版. -- 臺北市：
博客思出版事業網, 2022.12
面； 公分. -- (當代詩大系25)
ISBN 978-986-0762-36-5(平裝)

851.487　　　　111015004

當代詩大系25

臥木枕石集 木石詩選

作　　者：木石

主　　編：張加君

編　　輯：楊容容、陳勁宏

美　　編：陳勁宏

封面設計：陳勁宏

出　　版：博客思出版事業網

地　　址：臺北市中正區重慶南路 1 段 121 號 8 樓之 14

電　　話：(02) 2331-1675 或 (02) 2331-1691

傳　　真：(02) 2382-6225

E - MAIL：books5w@gmail.com 或 books5w@yahoo.com.tw

網路書店：http://5w.com.tw/

　　　　　https://www.pcstore.com.tw/yesbooks/

　　　　　https://shopee.tw/books5w

　　　　　博客來網路書店、博客思網路書店

　　　　　三民書局、金石堂書店

經　　銷：聯合發行股份有限公司

電　　話：(02) 2917-8022　　　　傳真：(02) 2915-7212

劃撥戶名：蘭臺出版社　　　帳號：18995335

香港代理：香港聯合零售有限公司

電　　話：(852) 2150-2100　　傳真：(852) 2356-0735

出版日期：2022 年 12 月 初版

定　　價：新臺幣 300 元整（平裝）

ISBN：978-986-0762-36-5